La vie est pleine de moyens
plus que convaincants, entraînant.
Il s'agit d'éveiller le désir en
l'imaginant avant l'autre.

ISIDORE ISOU,
Initiation à la haute volupté

Données de catalogage avant publication (Canada)

Beaulieu, Victor-Lévy, 1945-
La Jument de la nuit
    Sommaire: I. Les Oncles jumeaux.

    ISBN 2-7604-0508-7

PS8553.E23J85 1995   C843'.54   C95-941570-X
PS9553.E23J85 1995
PQ3919.2.B42J85 1995

Conception graphique et montage: Olivier Lasser

© 1995, Victor-Lévy Beaulieu et Les éditions internationales Alain Stanké

Les éditions internationales Alain Stanké bénéficient du soutien financier du Conseil des Arts du Canada pour leur programme de publication.

ISBN 2-7604-0508-7

Dépôt légal: quatrième trimestre 1995

Si vous souhaitez recevoir notre catalogue et être tenu au courant de nos publications, envoyez vos nom et adresse à l'adresse suivante:
Les éditions internationales Alain Stanké
1212, rue Saint-Mathieu
Montréal (Québec) H3H 2H7

IMPRIMÉ AU QUÉBEC (CANADA)

LA JUMENT DE LA NUIT

I

Les Oncles jumeaux

VICTOR-LÉVY BEAULIEU

LA JUMENT
DE LA NUIT

I
Les Oncles jumeaux

ROMAN

Stanké

Pour Céline Hallée, à cause de
l'esquire Moboutou Bambotté,
pour le jeu ludique avec les mots
et ce qu'ils firent remonter dans
la neuve mémoire.
Pour la chaude amitié, comme un
petit vent salin venant tout doux
de la mer Océane.

1

*Le chiffre un
est le symbole de l'être
mais aussi de la Révélation.*

Il pensa: «Je vais m'en aller, je n'ai plus rien à faire avec eux, il est temps que je déguédine, je suis en train de m'enfermer comme Kafka dans l'exclusion, et je ne veux pas mourir tout de suite, je veux que la vie m'advienne, j'ai soif et j'ai faim de réalité parce qu'il n'y a rien dans le rêve familial, que cette usure du sang: un père désorienté qui soigne les fous à l'hôpital du Mont-Providence et leur attribue une réalité que même ses enfants n'ont pas pour lui; une mère dominatrice parce que terrorisée; et des frères et sœurs déjà dévorés par la banalité du quotidien, s'y réfugiant avec satisfaction par crainte que tout s'effondre, aussi bien en eux que partout autour d'eux.»

Abel pensa encore: «Il faut que je m'en aille et je n'ai pourtant nulle part où aller. Dès mes origines, on m'a laissé seul avec moi-même. Dès mes origines, on n'avait pas besoin de moi. Dès mes origines, on a agi avec moi comme si j'étais déjà mort: ce cercueil dans lequel on m'a mis et qui glisse mollement dans le ventre de la terre, déjà pourrissant et nauséabond à cause de tous ces vers glauques qui le sucent avec férocité.»

L'image des vers glauques l'obligea à rouvrir les yeux comme toutes les fois qu'elle venait le visiter depuis ce jour-là de son enfance alors qu'égaré dans les écorres de la Boisbouscache, il était monté sur le rocher afin de voir au-delà des noisetiers sauvages qui l'entouraient. Mais ses pieds nus et mouillés avaient glissé et, tête la première, il s'était retrouvé dans le ravin. Un gros cochon mort s'y décomposait, le ventre ouvert et une multitude de vers glauques grouillant dedans. C'était bien pis que la mort, le vol et le viol de l'intégrité physique constituant le dernier degré de la déchéance.

Pour ne plus songer au gros cochon mort, Abel se redressa dans le lit. On était tôt le matin et la maison dormait encore. Son père n'était pas revenu de chez les fous de l'hôpital du Mont-Providence où il travaillait toutes les nuits, partageant son temps entre les hydrocéphales et les oligophrènes, ce qui l'angoissait et le déprimait car quel sens pouvait-on donner à la vie quand l'humanité innocente ne faisait que souffrir dans l'indifférence de ceux qui l'avaient engendrée? Cette simple question avait orienté toute la vie du père: même s'il s'était marié et même si sa femme lui avait donné douze enfants, il n'avait jamais défroqué de cet oblat missionnaire qu'au sortir de l'adolescence il rêvait de devenir. Il en avait gardé un grand penchant pour l'évangélisation et les sermons, obligeant tous les soirs la famille à se réunir autour de la table pour le souper rituel. Une fois le hachis au lard salé mangé, le père frappait sa tasse d'une cuiller afin que le silence s'établisse dans la cuisine. La mère laissait les chaudrons et prenait place derrière le père, masquant le chromo de sainte Cécile dans son encadrement doré sur le mur. Elle joignait ses mains et regardait au-delà de la table, là où les angelots du chromo de sainte Cécile, dodus et couverts de roses, jouaient de la harpe. Puis le père se mettait à parler, jamais de lui-même, mais de l'amour qu'on devait avoir pour Dieu. C'était comme une litanie, c'était désordonné et ennuyeux à mort. On faisait semblant d'écouter, on se regardait, on songeait à de gros seins qu'on se mettait à mordre furieusement, on songeait à ce qu'il y a entre les cuisses des filles, cette petite montagne velue et toute chaude quand le doigt s'y porte, on songeait à leur sexe et ça se mettait à bander sous la table tandis que le père, emporté par son sermon, oubliait que c'était l'heure pour lui d'aller travailler. Se penchant vers lui, la mère le lui rappelait. Alors le père se levait, bénissait l'assemblée puis s'en allait travailler aux confins de Montréal-Nord dans cette vieille Ford des années quarante, vert bouteille même dans son pare-brise et ses marche-pieds. Pour lui, la vieille Ford était tout ce qui restait du déluge de Saint-Jean-de-Dieu: une vétuste machine dont il ne voulait pas se séparer parce que malgré tout elle le reliait au passé. Quand il montait dedans, les odeurs d'autrefois lui revenaient et c'était suffisant pour que Montréal-Nord s'en trouve pacifiée et aussi inoffensive que cet hôpital du Mont-Providence où il passait toutes ses nuits à border des aliénés. Une bonne sœur montait la garde avec lui, toujours la même. Avant Rome, le père l'avait béatifiée parce qu'elle l'avait miraculeusement guéri, croyait-il, de ses ulcères à l'estomac. Deux fois par année, le père emmenait toute la famille la voir dans la salle Saint-Joseph. Elle se tenait assise dans un grand fauteuil, une montagne de coussins sous elle parce qu'elle ne mesurait pas cinq pieds, ce qui était bien peu même pour une sainte. La main fermée sur le gros crucifix noir arrimé au bout du chapelet dont les grains étaient faits de carcasses d'amandes, la bonne sœur montrait sa grande bouche édentée puis, pareille à un serpent, faisait aller sa langue hors d'elle. Comme elle parlait en même temps, son discours était inaudible. Mais le pire, c'était qu'il fallait l'embrasser après ses audiences. Sa vieille peau sèche sentait la défécation des hydrocéphales et des oligophrènes dont avec le père elle changeait les couches, y prenant plaisir, ce qui était bien le signe qu'on peut rendre hommage à Dieu de toutes les façons possibles.

De penser ainsi à son père, ce n'était pas mieux pour Abel que d'être pris avec l'image du gros cochon mort de son enfance. C'était aussi malpropre et ça ne faisait venir que de la rancœur. Pourquoi ne pouvait-on même pas choisir ses parents? Et les choisir en fonction du rêve qu'on portait en soi, si fragile encore qu'il ne pouvait s'établir dans la solitude malgré toute l'énergie dont on pouvait disposer? On avait besoin de sa famille; sans son soutien, ça ne servait à rien de rêver même petitement puisque l'orientation appartient en propre à la tribu et non à l'individu. Pourtant, quoi faire d'autre que fuir malgré tout?

Abel jeta un coup d'œil à la petite table bancale qu'il y avait devant la fenêtre. Quelques livres s'empilaient dessus, à côté du manuscrit dont toutes les nuits il noircissait quelques pages sans vraiment penser à l'histoire qu'il voulait raconter. De toute façon, ce n'était jamais la bonne ni la même. L'espace manquait entre les mots, peut-être parce que l'espace avait toujours manqué depuis la grande mouvance de Saint-Jean-de-Dieu à Montréal-Nord. Cette vie à quatorze dans un petit logement de quatre pièces à côté de la maison pour délinquants de Boscoville, cette promiscuité qui empêchait toute profondeur! Avec tant de monde chialant autour de soi, il ne pouvait pas y avoir de durée dans l'écriture. Ça ne faisait que se recommencer tout le temps. Ce n'était pas encore inventé que ça sombrait aussitôt entre deux chapitres, avalé par la bruyanteur familiale. Il ne pouvait pas y avoir de véritable histoire. Les mots ne prolongeaient rien et surtout pas eux-mêmes. Les gros romans écrits faisaient eau de toutes parts, de sorte qu'il fallait les abandonner avant leur fin même. En cinq ans, Abel en avait mis au monde une quinzaine, aussi inachevés que l'image qu'il avait de ses frères et de ses sœurs. Pourquoi ne laissait-il pas tomber? C'était peut-être parce que personne ne s'en serait aperçu, comme personne ne savait qu'il existait vraiment. Tant d'indifférence! Il fallait bien s'y opposer même si ça ne menait à rien.

Abel aurait voulu sortir de son lit et s'en aller de la chambre comme il avait imaginé le faire pendant toute cette nuit qu'il aurait dû passer à écrire comme il s'y employait toujours en revenant de son travail à la banque. Mais les mots n'étaient pas venus, même quand il avait été s'asseoir sur le balcon derrière la maison. C'était là qu'il écrivait le plus souvent parce que c'était là seulement qu'il avait la paix. Assis sur le vieux coffre qui servait de poubelle, il tapait à deux doigts sur cette vieille Underwood qu'il avait louée chez les frères des Écoles chrétiennes et dont il ne pouvait pas se servir dans la maison, le père étant allergique au bruit qu'elle faisait. Par deux fois il l'avait jetée du haut de la fenêtre de la chambre. Abel savait que ce n'était pas juste à cause du bruit des touches frappant le cylindre. C'était surtout parce que le père avait peur de l'écriture: mise sur du papier, la niaiserie vous sautait pour ainsi dire dans la face et il devenait impossible de passer à côté, on restait pris avec, il n'y avait plus moyen d'échapper à ses conséquences. C'était comme dans ce poème de Victor Hugo quand l'œil de Dieu poursuit Caïn jusque dans ce cercueil de pierres où il s'emmure vivant pour ne plus avoir à répondre de ses actes. Comment aurait réagi le père s'il avait pu lire par-dessus l'épaule d'Abel quand il tapait furieusement sur la vieille Underwood derrière la maison? Qu'aurait-il pensé des mots le concernant, sans pitié parce que nus?

Toutes ces manies du père qu'Abel avait jetées sur le papier, qui le montraient faible et cruel, dérisoire et pourtant dominateur, assujetti à la peur comme un enfant terrorisé. Cette crainte du feu qui lui faisait mettre les allumettes dans le réfrigérateur et vider les cendriers dans les toilettes; cette peur des voleurs qui le forçait à fermer à double tour les fenêtres et les portes de la maison avant chacun de ses départs pour l'hôpital du Mont-Providence, bien inutilement puisqu'on était douze à les rouvrir aussitôt qu'il s'en allait. Et puis la violence pour faire contrepoids au monde des manies du père.

C'était toujours le matin qu'elle se manifestait, après la nuit passée avec les hydrocéphales et les oligophrènes de l'hôpital du Mont-Providence. Le père stationnait sa vieille Ford au fond de la ruelle, traversait la cour pesamment comme s'il avait porté tout le poids du monde sur ses épaules puis, aussitôt entré dans la maison, il débouclait sa ceinture et se dirigeait tout droit vers la chambre où dormaient les cinq filles de la famille. C'était à l'aînée qu'il s'en prenait toujours, parce qu'elle avait vingt ans et que toutes les nuits elle mouillait son lit, ce qui était bien le signe qu'elle était impure et méritait d'être châtiée à grands coups de ceinture. Jadis, la mère ne faisait pas mieux quand on habitait dans le rang Rallonge de Saint-Jean-de-Dieu: brandissant un rondin de bouleau à bout de bras, elle courait après la sœur aînée à travers toute la maison, puis la poursuivait dehors jusqu'au petit pont couvert de la Boisbouscache. Elle abandonnait alors, non pas parce qu'elle était contentée mais à cause de sa jambe malade qui refusait de supporter son gros corps plus longtemps. Alors la mère se laissait tomber dans les herbes et, son rondin de bouleau toujours à la main, elle criait vers la maison pour avoir de l'aide. On lui amenait sa grande chaise droite, elle s'assoyait dessus et c'est ainsi, portée par les frères aînés, qu'elle rentrait à la maison, bougonnant contre sa jambe malade. Elle ne pensait plus à la sœur aînée qu'Abel retrouvait terrée dans les écorres de la Boisbouscache, recroquevillée sur ses genoux et pleurant. «Un jour, je vais tous les tuer! disait la sœur aînée. Je vais attendre que dimanche arrive, je vais desserrer tous les boulons des roues de la vieille Ford de Pa. Quand Mam et lui vont monter dedans, ils ne pourront pas se balader très longtemps comme ils le font tous les dimanches: dans la grande côte de Saint-Clément, les roues vont s'échapper des essieux et la vieille Ford de Pa va se retrouver au fond du ravin. Quand ça va arriver, j'aurai plus besoin de pleurer jamais.»

Abel écoutait la sœur aînée et ne disait mot, à cause de la grande côte de Saint-Clément qui prenait toute la place en lui. Elle représentait la terreur dans son absolu: comparé à la grande côte de Saint-Clément, aucun des cauchemars venus des mauvaises nuits de l'enfance n'était porteur d'autant d'angoisse. Sur le pont, un père soûl avait jeté ses deux enfants au fond du ravin avant de sauter lui-même par-dessus le garde-fou. Malgré tout le soin que ses parents avaient mis pour qu'on ne sache rien de l'histoire, Abel l'avait apprise par les voisins. Mais elle était devenue mille fois plus terrorisante. Le père ne s'était pas contenté de jeter simplement ses enfants au fond du ravin. Il les avait d'abord affreusement mutilés, leur avait coupé les oreilles, le nez et la langue. On prétendait aussi qu'il les avait ébouillantés comme des cochons dans le grand chaudron de fonte qu'il y avait dans l'appentis de la soue derrière la maison. Dans une autre version, le père avait éventré ses enfants, les avait attachés sur des échelles avant de les suspendre, tête en bas, contre l'un des murs de la porcherie. Quand ils s'étaient mis à sentir mauvais, il était allé les jeter du haut du pont de la grande côte de Saint-Clément.

«Pourquoi faut-il que je pense à tout ça ce matin?» se demanda Abel.

Toute la nuit, il avait essayé de faire venir les sombres images d'enfance mais elles ne ressemblaient à rien de ce qui avait été vécu. Elles étaient restées dans l'en-deçà de la représentation, comme vidées de la hargne qui les avait pourtant inscrites profondément dans la mémoire. C'était peut-être l'acte même d'écrire qu'il fallait remettre en cause: bien loin d'exacerber la passion, il la désamorçait, rendant dérisoire même l'outrance qu'il y avait dans le passé. C'était comme de lire la chronique des chiens écrasés dans le journal. Mal dits, les faits divers se désamorçaient et devenaient aussi mous que ces litanies qu'on déclamait après la récitation du chapelet quand on habitait le rang Rallonge de Saint-Jean-de-Dieu. Les vierges qui avaient souffert le martyre ne devenaient plus que des noms usés par la répétition, vidés de leur folie et de leur sang. En écrivant sur le passé de sa famille, Abel se heurtait au même résultat: les mots qu'on écrivait après l'acte n'étaient jamais qu'illisibles. Cette misère, Kafka l'avait bien connue, elle constituait la trame même de son journal. Abel en savait de grands passages par cœur et, quand il se retrouvait à court de vie comme ce matin, il pensait à l'un d'eux, s'y accrochait pour que l'écrivain qu'il croyait avoir en lui ne sombre pas tout à fait dans le découragement. C'était vaguement apaisant malgré le désespoir dont ça venait.

Abel appuya sa tête sur l'armature de fer du ciel de lit de sa couchette. Il ferma les yeux, laissant le journal de Kafka s'ouvrir en lui. La mémoire chercha le passage attendu, allant d'une page à l'autre, entraînée par le mouvement des mots, ne s'y arrêtant pas vraiment. Ce matin, ce n'était pas de n'importe quel passage dont Abel avait besoin mais de celui qui l'avait habité toute la nuit et qu'il n'avait pas été en mesure d'écrire aussi bien que Kafka. Quand les mots apparurent enfin sous la date du 15 décembre 1910, Abel se laissa avaler par eux, *dans de la lumière grêle mais pénétrante* ainsi que l'avait dit Kafka, ajoutant:

Je ne puis tout bonnement pas croire aux conclusions que je tire de mon état actuel, qui dure depuis déjà presque un an, il est trop grave pour cela. Je ne sais même pas si je puis dire que c'est là un état nouveau, j'en ai connu d'analogues, je n'en ai pas encore connu d'identique. Car je suis de pierre, je suis comme ma propre pierre tombale, il n'y a là aucune faille possible pour le doute ou pour la foi, pour l'amour ou pour la répulsion, pour le courage ou pour l'angoisse en particulier ou en général, seul vit un vague espoir, mais pas mieux que ne vivent les inscriptions sur les tombes.

La littérature des autres avait au moins ceci de bon: elle était consolante parce qu'elle savait mieux exprimer ce qui ne pouvait pourtant pas l'être. Après avoir pris la plus importante décision de sa vie, celle de quitter à jamais sa famille, Abel se sentait apaisé par les mots de Kafka. Lui seul avait vécu le véritable enfer, lui seul n'avait jamais cessé de mourir, lui seul avait compris l'évidence: *Il s'agit uniquement, tant que cela sera possible, de se maintenir la tête assez haut pour ne pas se noyer.* En abandonnant les siens, Abel ferait comme Kafka, il permettrait à sa tête de rester hors de l'eau. C'était déjà en soi quelque chose de rassurant.

Aussi Abel se laissa-t-il sombrer dans la somnolence, la tête toujours appuyée sur l'armature de fer du ciel de lit de sa couchette. À côté de lui, le frère cadet dormait, son sexe dressé vers le ciel et ses mains ouvertes de chaque côté de lui. Il restait encore trop de nuit épaillée sur Montréal-Nord pour qu'on puisse revenir de derrière le miroir et se colletailler enfin avec l'horreur du réel. En un sens, cela faisait bien l'affaire d'Abel. Ce qu'il avait vécu la veille était si singulier parce que si totalement inattendu qu'il avait besoin d'y penser encore, il fallait que ça se coule pareil à du ciment dans sa mémoire. Comme ça, rien ni personne ne pourrait rien contre sa décision de quitter définitivement la famille pour devenir enfin cet écrivain que depuis toujours il croyait être. Ce qui s'était passé la veille n'était rien de moins *qu'un vertige mouvant, qu'une espèce d'éblouissement oblique, qu'une coagulation de chaleur, qu'une décorporisation de la réalité, qu'une rupture absolue* comme il était écrit dans *L'Ombilic des limbes.*

Voici pourquoi.

<u>2</u>

Le chiffre deux est celui des menaces
latentes; il peut être le germe
d'une évolution créatrice
aussi bien que d'une involution
désastreuse.

L e jeudi était le seul jour qu'Abel ne détestait pas parce qu'il recevait enfin son salaire de commis dans cette banque de la rue Saint-Denis où il travaillait. En fait, Abel n'y faisait pas grand-chose. Le gérant l'avait pris en grippe parce qu'il était gaucher et écrivait mal, les clients se plaignant de ne pas comprendre les chiffres inscrits dans leurs livrets d'épargne. Aussi Abel s'était-il retrouvé au département des traites et des échéances, royaume jusque-là réservé au concierge, ce qui était bien la preuve du peu de considération que les autorités bancaires avaient pour lui.

Mais dans sa mutation dégradante Abel avait tout de suite vu certains avantages. Il ne passait presque pas de temps à la banque, où son travail clérical ne lui prenait qu'une heure. Après, Abel bouclait autour de ses hanches la grosse ceinture de cuir à laquelle était harnachée une sacoche qu'il remplissait de traites à percevoir, de lettres de crédit à faire signer ou bien de formulaires à faire remplir. Puis il quittait son guichet au fin fond de la banque et n'y revenait plus qu'en fin de journée, une fois sa tournée terminée dans le quartier.

Il y avait d'abord la rue Saint-Denis de Duluth à Sherbrooke, puis la rue Sherbrooke elle-même jusqu'au boulevard Saint-Laurent, là où se retrouvaient la majorité des clients de la banque. Certains jours, il y avait peu de traites à percevoir, peu de lettres de crédit à faire signer et peu de formulaires à faire remplir. Aussi Abel en profitait-il pour traîner dans le quartier. Il apprit ainsi à jouer au pool, puis découvrit le monde des danseuses et des strip-teaseuses fort nombreuses boulevard Saint-Laurent. Contrairement à ce qui se passait à la maison où les choses du sexe appartenaient au monde du tabou, du secret et de l'obscurité, les grills du boulevard Saint-Laurent étaient le paradis du voyeurisme, de l'exubérance et de la liberté. On y découvrait que la satisfaction du désir est fondamentalement un acte amoral. Se dévêtir était beau, voir une fille danser nue sur une table vous réconciliait avec l'hypocrisie du monde, comme si vous étiez enfin dans un ventre chaud et suprêmement odorant. Ça compensait pour toutes ces heures perdues qu'Abel passait à la banque, entouré de tous ces employés qui n'auraient jamais besoin de mourir parce qu'ils n'étaient jamais venus au monde une seule fois.

Mais le jeudi après-midi, Abel s'empressait de changer son chèque de paie et de quitter la banque. Rue Sherbrooke, il montait dans cet autobus, premier d'une longue série qui le ramèneraient aux confins de Montréal-Nord où, pour une fois, il avait hâte d'arriver. À l'angle du boulevard Pie-IX et de la rue Monselet, une librairie venait d'ouvrir ses portes. On y trouvait à rabais de vieux ouvrages aussi salopés que son propriétaire, un certain monsieur Faustus qui se prétendait d'origine allemande et antinazi, ce qui l'avait mené aussi loin qu'en Corée où il avait fait la guerre, plutôt mal que bien parce qu'il en était revenu absolument défiguré: il avait le nez comme écrasé dans la face et une profonde cicatrice qui lui déformait la bouche, la joue et l'oreille gauche dont il ne restait qu'une écharognure violacée et toujours suppurante. Sous le bandeau de pirate, son œil droit crevé par un éclat d'obus n'était plus qu'une grosse bille de verre parfaitement aveugle. Un guerrier aussi amoché que le vieux monsieur Faustus ne pouvait sans doute pas se recycler ailleurs que dans le commerce du livre avarié, juste à côté d'une boucherie de viande chevaline et d'un magasin de farces et attrapes!

Ça ressemblait tout à fait à Montréal-Nord qui ne s'était jamais construite que dans l'incongruité et la laideur, au rythme des secousses provoquées par les spéculateurs et la petite pègre. Avant qu'on ne le rebaptise du nom insipide de *Vita Bar-B-Q*, le restaurant *Le Chalet blanc* était le quartier général des trafiquants montréalais d'héroïne et d'opium. Le brave curé Taillefer y faisait office d'aumônier. Dans le gros portuna qui ne le quittait jamais, ce n'était toutefois pas le saint viatique qu'il portait à ses malades mais ces stupéfiants qu'on lui demandait de livrer à travers tout Montréal. À cause de sa soutane, la Gendarmerie royale du Canada mit des années à le démasquer et à l'envoyer moisir en prison. De plus mécréants que lui s'en tirèrent mieux, devinrent échevins, maires, députés et juges, ce qui ne les rendit pas pour autant plus honorables. À la banque, Abel avait appris que l'un des plus importants clients, avocat bien en vue, devait sa fortune à tous les petits pégreux assassins qu'il sauvait de l'enfermement à vie. Quand ils n'avaient pas d'argent, il les forçait à faire des hold-ups avant de prendre leur défense. L'un d'eux avait volé un plein camion de cravates qu'on avait entreposées au Club Canadien en attendant de pouvoir les écouler. À Montréal-Nord, les anecdotes de ce genre ne manquaient pas non plus et le vieux monsieur Faustus qui les connaissait toutes n'arrêtait pas de les raconter. Celle concernant le juge Blondeau était célèbre. Toujours soûl, le juge fréquentait les bars mal famés, y retrouvant les bandits qui tôt ou tard passeraient devant lui à la cour municipale. Au sommet de son ivresse, le juge enlevait l'un de ses souliers, le remplissait de bière et obligeait l'un ou l'autre des bandits à boire, lui disant: «T'es mieux de m'avaler ça tusuite car sinon, tu ne feras pas de vieux os quand tu vas te retrouver devant moi pour les folies que tu ne pourras pas t'empêcher de commettre! Tu risques de te retrouver pour longtemps à la prison de Bordeaux!»

Les anecdotes du vieux monsieur Faustus, Abel les notait dans un calepin. Quand il serait vraiment romancier, elles lui seraient bien utiles pour combler les vides de son imagination.

Mais le vieux monsieur Faustus ne racontait pas seulement l'histoire secrète de Montréal-Nord. Tous les jeudis soir, il tenait salon dans l'arrière-boutique de sa librairie. On s'assoyait autour de lui sur des caisses, on buvait le gros vin rouge qu'il vous offrait, puis la leçon de littérature commençait. Ça s'allongeait dans le temps et dans l'espace comme un sexe dressé par le désir, ça se promenait des prologues de Plaute aux romans ésotériques de Gustav Meyrink, des manifestes d'André Breton aux théories existentialistes de Jean-Paul Sartre, des poésies hermétiques de Raymond Roussel aux récits libidineux du marquis de Sade. Le vieux monsieur Faustus devenait alors une image chargée de tant d'électricité qu'on ne voyait plus rien de sa face défigurée. Le langage l'abolissait ou bien lui donnait tout son sens comme dans cette histoire du chevalier à la Triste Figure de Cervantes: être à ce point illuminé par la laideur faisait de la beauté. Et cette beauté-là avait quelque chose d'orgiaque et d'orgasmique. Après le discours du vieux monsieur Faustus, on avait le goût de se retrouver nu, de danser en frottant son corps à d'autres corps, de boire, d'avoir trente-six mille paires de mains pour se donner du plaisir et en donner aussi. C'était magique. Après de telles soirées, Abel se sentait réconcilié avec le monde. Même la rue Monselet lui paraissait presque habitable. Aussi pouvait-il passer tout le reste de la nuit assis derrière la maison sur le vieux coffre servant de poubelle, à taper sur la vieille Underwood, les mots s'ajoutant enfin sans déplaisir les uns aux autres, impudiques parce que libres.

Mais la dernière soirée passée chez le vieux monsieur Faustus dans son arrière-boutique avait été pour Abel véritablement épiphanique, comme si tous les fantasmes qui l'habitaient s'étaient matérialisés brusquement. Pour la première fois, une jeune femme assistait au soliloque du vieux monsieur Faustus. Elle s'appelait Judith, portait une robe tout écourtichée qui mettait en valeur un corps peut-être un peu maigre mais plein de vie, buriné par le soleil et sentant la terre chaude. Elle aimait le vin rouge, elle avait lu tout comme Abel *L'Ombilic des limbes*, le livre de ce qui se passe quand le cerveau pourrit, elle riait tout le temps, croisant et décroisant les jambes sans doute pour qu'on sache bien qu'elle ne portait rien sous sa robe tout écourtichée. Mais Judith avait surtout ces étranges yeux violets qui une fois vrillés dans les vôtres ne vous lâchaient plus. Ils prenaient possession de votre corps, ils entraient dedans sans que vous puissiez leur opposer de résistance et ça devenait pareil en vous comme si une infinité de petits fouets se mettaient à claquer en même temps. C'était si singulier qu'on avait l'envie de rester longtemps subjugué, *comme une médaille vivante, comme un arbre ossifié de métal* ainsi que l'avait écrit Antonin Artaud avant que la pensée suicidaire ne le fasse basculer dans la déjection.

Aux petites heures du matin, le vieux monsieur Faustus était devenu trop soûl pour continuer sa leçon littéraire. La cicatrice qui lui déformait la figure était devenue comme un gros anchet se tortillant dans la peau, si violacée que l'écharognure de l'oreille ressemblait à une ampoule survoltée. Le vieux monsieur Faustus tomberait bientôt en syncope et s'écraserait lourdement sur le plancher entre les caisses de livres. Comme il faisait toujours, Abel mit sur le comptoir tout ce qui lui restait de sa paie de commis de banque puis, parmi les ouvrages dont avait parlé le vieux monsieur Faustus, il choisit ceux qui lui semblaient être les plus bizarres.

— C'est ça! rugit le vieux monsieur Faustus avant de s'écrouler, ivre mort. Dépouillez-moi de mon génie et débarrassez le plancher!

Sa pile de livres sous le bras, Abel ouvrit la porte de l'arrière-boutique. Elle donnait sur cette ruelle qui menait tout droit au *Café du Nord*. Sur le toit de la bâtisse, les néons de l'enseigne clignotaient dans l'anarchie sur des seins énormes et des cuisses qui n'arrêtaient plus de s'ouvrir et de se refermer. Les montrant à Abel, Judith dit:

— Quand je vois ces seins-là et ces cuisses-là, j'ai toujours le désir de monter sur le toit pour mettre mes mains dessus. Penses-tu que c'est aussi chaud que de la peau?

La voix était soyeuse comme du papier et faisait dans le corps le même effet que les yeux violets. C'était *comme une déportation du réel, comme la zébrure d'un éclair taillé à même la terre, comme une muraille de vie devenue compacte, attirant, déployant la flamme des cartes soufrées, comme la pointe extrême du signe,* celui du corps s'arrachant du quotidien pour rendre seule prégnante la roue de l'imaginaire. On tournait dedans sans plus aucune réserve, on tournait dedans comme avalé par l'espace différent, toute vie autre que la sienne devenue fantomnale, à la limite de l'irréel. Il n'y avait plus de famille, plus de pauvreté, plus de malpropreté. Il n'y avait que la concordance de ce qui se rêvait derrière l'arrière-boutique du vieux monsieur Faustus.

— Je t'ai parlé des seins et des cuisses qu'on voit au-dessus du *Café du Nord*, reprit Judith. Je t'ai demandé si tu pensais que ces seins-là et ces cuisses-là étaient aussi chauds que de la peau?

— Faudrait d'abord savoir comment est la tienne, répondit enfin Abel qui avait déposé sa pile de livres sur un bac à ordures.

— Ma peau brûle tout le temps, surtout la nuit. Tu veux que je te montre?

Elle n'attendit pas qu'il réponde et lui mit la main au califourchon, cherchant avec ses doigts à reconnaître son sexe sous le pantalon. C'était si inattendu qu'Abel ne pensa même pas à réagir. Depuis les commencements du monde, son sexe attendait qu'une main se pose sur lui. Ça aurait pu être celle de sa mère mais il n'y aurait pas eu de douceur dedans, ça n'aurait certainement pas fait comme une étoile extrêmement lumineuse entre les jambes, et il n'y aurait pas eu de chaleur dedans. La main de sa mère aurait plutôt été comme la pince d'une bête marine qui, en se refermant sur son sexe, l'aurait déchiqueté en fines lamelles sanguinolentes.

Les doigts de Judith s'étaient glissés dans la fermeture éclair entrouverte, ils avaient encerclé le sexe déjà tumescent, ils s'en étaient emparés et jouaient avec. Sur le toit du *Café du Nord*, les néons s'étaient éteints, escamotant dans la nuit ces seins énormes et ces cuisses qui n'arrêtaient pas de s'ouvrir et de se refermer. D'être touché enfin, quel plaisir c'était!

— Est-ce suffisamment chaud pour toi? demanda Judith.

Pour toute réponse, Abel lui effleura la figure de sa bouche, ce que Judith prit sans doute pour de l'insatisfaction car elle se laissa tomber sur les genoux, ouvrit la bouche sur le sexe d'Abel et se mit à le sucer, si lentement que la langue et les dents étaient comme du velours glissant à fleur de peau. Un tel plaisir ne s'imaginait pas, il prenait sa source au-delà de n'importe quel souvenir, dans le centre même de l'émotion. Abel pensa encore à *L'Ombilic des limbes* dont la lecture l'avait à ce point marqué qu'il en connaissait toutes les phrases par cœur. Quand il fréquentait l'école secondaire Pie-IX, il avait remporté grâce à Antonin Artaud qu'il pastichait tous les concours littéraires auxquels on lui avait demandé de participer. Même les joutes oratoires qu'il fallait improviser devant les membres du club des Optimistes, Abel les avait gagnées en récitant, mais sans l'avouer, du Antonin Artaud. Tandis que Judith lui caressait le sexe, il se mit donc à balbutier:

— *Un vent charnel et résonant soufflait et le souffle même en était dense. Des radicelles infimes peuplaient ce vent comme un réseau de veines, et leur entrecroisement*

31

fulgurait. L'espace était mesurable et crissant, mais sans forme pénétrable. Et le centre était une mosaïque d'éclats, une espèce de dur marteau cosmique d'une lourdeur défigurée, et qui retombait sans cesse comme un front dans l'espace.

Les derniers mots furent à peine audibles, à cause du corps d'Abel qui avait été aspiré complètement par son sexe. Ce n'était plus une simple bouche qui le happait mais tout ce que Montréal-Nord contenait de désir et de plaisir. Comme c'était bon! Quand le blanc-mange inonda la bouche de Judith, Abel plia les genoux, comme assommé. Il avait dix-neuf ans et c'était la première fois que le sperme jaillissait de lui autrement que par sa propre main. Quand il l'avoua à Judith alors que blottis l'un contre l'autre ils regardaient la nuit se désendormir, elle lui répondit:

— Je trouve que tu n'es pas très exigeant étant donné que n'importe quelle jeannette pourrait en faire autant et n'importe quel louveteau aussi. C'est à croire que tu n'es jamais sorti de chez toi.

Abel ne trouva rien à dire et baissa les yeux vers l'échancrure de la robe de Judith qui laissait voir la naissance de petits seins tout bruns, comme éloignés l'un de l'autre, comme séparés l'un de l'autre par cette espèce de fissure qu'il y avait entre les deux. Judith dit encore:

— Qu'est-ce qu'ils ont mes seins pour que tu les regardes tout le temps?

— On dirait qu'une rivière a creusé son lit entre les deux.

— Ça s'appelle un *pectus cavatum* et je suis née avec. Une simple anomalie de la cage thoracique sans conséquence, en tout cas pour moi. Mon frère n'a toutefois pas eu la même chance. Le trou est si creux que s'il ne se fait pas opérer bientôt ses poumons n'arriveront plus à pomper tout l'air qu'il lui faut.

Ils marchaient dans la rue De Castille, elle lui tenait le bras et le petit matin serait bientôt là, qui mettrait fin à l'ensorcellement. Abel ne voulait pas se séparer de Judith, il ne voulait plus retourner chez ses parents, il ne voulait plus voir sa mère qui l'attendrait près de la porte, assise sur cette chaise droite depuis la veille, une manie qui lui était venue quand la famille avait émigré de Saint-Jean-de-Dieu à Montréal-Nord et qu'elle s'était mise à avoir peur: un accident est si vite arrivé, il y a plein de bandits qui rôdent le soir, des voleurs et des violeurs, des terroristes et des boîtes aux lettres piégées à la dynamite, des robineux, du délire, des meurtres, du sang et de la mort. Pour conjurer toute cette folie, la mère veillait donc sur sa chaise droite près de la porte tant que tout le monde n'était pas rentré. C'était absurde et déprimant comme à peu près tout ce qui se passait à la maison. Abel n'avait plus le goût de vivre ça. Les colères stéréotypées de sa mère qui le suivrait jusque dans la salle de bains, lui tournant le dos quand il se mettrait à se déshabiller, frappant de la main le rideau et continuant à le sermonner bien que le bruit de l'eau sortant du robinet rendrait ses paroles complètement inaudibles. Elle lui tournerait encore le dos quand il se rhabillerait, puis le devancerait à la cuisine pour lui donner cet affreux sac de papier brun dans lequel seraient les deux sandwichs au thon qu'elle lui aurait préparés en guise de repas pour le midi. Après, Abel irait attendre l'autobus dans la rue Monselet, l'affreux sac de papier brun caché sous son veston contre son ventre. Une fois dans l'autobus, il irait s'asseoir sur la dernière banquette, honteux à cause de la puanteur du thon suintant à travers le papier. Rue Saint-Denis, il descendrait de l'autobus, délesté enfin de l'affreux sac et de son contenu: en se levant de la dernière banquette, Abel le laissait toujours choir à ses pieds.

— Parle-moi, dit Judith. Ta voix me change de celles de mon père et de mon frère.

— Je n'ai pas grand-chose à dire et je ne sais même pas comment le dire.

— Dans ce cas-là, il ne te reste plus grand-chose d'autre à faire dans la vie que de te mettre à écrire.

— Je travaille pourtant dans une banque.

— Giono aussi a d'abord travaillé dans une banque. Et Cendrars. Et Henry Miller, je crois bien aussi. Quelle importance où c'est qu'on travaille? Moi, je suis bien téléphoniste pour la compagnie Bell. Est-ce que ça m'empêche d'être sexuelle et n'importe quoi d'autre qui me tente? *Le vent charnel souffle toujours*, a écrit Artaud.

On ne peut pas répondre à une citation sinon par une autre citation. Comme aucune ne lui venait, Abel accéléra le pas, prétextant que la pluie s'était mise à tomber. Mais Judith n'était pas intéressée à courir. Elle dit:

— J'aime quand ça mouille. Ça me donne l'envie de me dévêtir et de copuler, même avec une bête de l'apocalypse. Au beau milieu de la rue, me semble que ça serait excitant. Des fois, mon frère et moi on monte dans l'échelle jusque sur la toiture de la maison, on se déshabille et on attend que la pluie vienne. Quand il y a du tonnerre et des éclairs, c'est encore mieux. Mon frère est très doué pour les caresses.

Malgré qu'il aurait préféré ne pas la poser, la question était venue tout de suite sur les lèvres d'Abel:

— Parce que ton frère et toi, vous couchez ensemble?
— On s'excite et ça nous suffit. C'est normal entre frère et sœur, non? Je suis certaine que c'est pareil chez vous. Ose prétendre le contraire pour voir.

Ils s'étaient réfugiés sous le gros sapin qu'on avait ébranché dans le bas, les branches mortes craquaient sous leurs pieds, ils étaient encerclés par le brouillard et peut-être le petit matin ne se rendrait-il jamais dans ses grosseurs pour ramener le monde aux exigences de la routine. Parce que Judith insistait, Abel lui raconta donc ce qui s'était parfois passé entre ses frères et sœurs, les jeux qu'ils inventaient quand les parents n'étaient pas à la maison: tête-bêche, on se couchait dans un lit et on se léchait le sexe, n'ar-rêtant que lorsque le blanc-mange ne demandait plus qu'à jaillir enfin. On fermait alors les deux mains sur son sexe et ça se mettait à baver entre les doigts. Ou bien on imaginait qu'on était des vaches et des bœufs, on marchait à quatre pattes dans la chambre à la queue leu leu, on se flairait le derrière, on se mor-dillait les couilles puis on se sautait dessus, enfonçant son sexe entre les cuisses qui se serraient l'une contre l'autre, pareilles à des ciseaux.

— Avec tes sœurs, c'est comment? demanda Judith.

Les parents d'Abel ne laissaient presque jamais les frères et les sœurs ensemble quand ils s'en allaient de la maison. Les anecdotes manquaient donc ou ne représentaient pas grand-chose.

— Même pas une? protesta Judith. Je ne te crois pas. Tout le monde a un polichinelle dans son tiroir. Ça serait donc mieux que tu te forces un peu pour me répondre. Sinon, pourquoi devrais-je m'intéresser à toi?

Abel dut donc raconter ce qui s'était passé entre lui et sa sœur aînée à l'époque où elle gagnait son argent de poche en jouant à la gardienne d'enfants chez une voisine. Comme la mère, la sœur aînée avait peur de tout ce qui grouillait dans la nuit. Alors c'était Abel qui devait l'accompagner chez la voisine. Une fois les enfants endormis, la sœur aînée prenait son bain en laissant la porte entrouverte. Elle faisait tant de bruit avec l'eau qu'Abel l'entendait de la cuisine. Il savait toutefois qu'il ne devait pas aller jusqu'à la porte de la salle de bains mais, aux bruits de l'eau, d'autres s'ajoutaient et ils venaient de la sœur aînée, si plaintifs que ce n'était plus possible de résister à la tentation. Ses souliers enlevés, Abel se rendait donc jusqu'à la porte et regardait. Il n'y avait presque pas d'eau dans la baignoire. Sa sœur aînée y était étendue, ses jambes repliées sous elle et les reins cambrés. Elle se donnait du plaisir avec le tube de crème qu'elle tenait entre ses cuisses, ce qui la faisait geindre. De regarder ainsi était excitant. Le sexe d'Abel se mettait à lui faire mal et, pour l'apaiser, il y posait la main, fouillant de ses doigts dans le tissu du pantalon. Quand la sœur aînée le surprenait ainsi en train de se caresser, elle paraissait entrer dans une grande colère, se redressait dans la baignoire, allait vers lui et disait: «C'est très mal ce que tu fais. Est-ce que tu le sais au moins?» Il faisait semblant d'être honteux et baissait les yeux. Alors elle ajoutait: «Il faut que je te punisse. Sinon, Dieu ne te pardonnerait pas et je serais obligée d'en parler à Mam. Tu comprends?» Abel ne croyait pas en Dieu et ne voyait pas non plus pourquoi sa mère devrait être mise au courant. Mais il gardait ça pour lui, répondant simplement: «Punis-moi puisque c'est important que tu le fasses. Comment veux-tu que j'expie?» Elle disait: «C'est simple, tu vas voir.» Elle abaissait la fermeture éclair du pantalon d'Abel, y entrait la main, forçant le sexe à sortir, puis, par petits coups, le giflait. Quand Abel venait pour éjaculer, la sœur aînée s'arrêtait, penchait la tête vers le sexe et crachait dessus. Puis elle passait au dernier moment de l'expiation. «Mets-toi en petit bonhomme», ordonnait-elle à Abel. Il s'accroupissait, elle s'assoyait sur ses épaules, il se relevait et c'est ainsi, avec la sœur aînée sur son dos, qu'il devait marcher dans le logement. Dans son cou, ça devenait très chaud et tout humide, comme si une sangsue s'y était collée et lui suçait le sang. C'était indéfinissable comme émotion parce qu'il fallait tout garder en soi, même ce blanc-mange ne demandant qu'à gicler enfin du sexe qui semblait battre tout seul comme un cœur hors du pantalon.

— J'aime, dit Judith quand Abel en eut fini avec son récit. J'aime bien tout ce qui excite autrement.

Elle vint pour lui mettre la main sur le sexe mais la pluie avait cessé, le brouillard s'en était allé et il ne restait déjà presque plus rien de la nuit. Dans la rue Drapeau, les portes des maisons s'ouvraient, jetant sur les trottoirs la flopée des travailleurs du morne quotidien.

— Il ne faut plus rester ici, dit Judith. Si le bonhomme Foster me voit sous son sapin en train de te prendre le sexe, c'est dans une cellule de la prison de Montréal-Nord qu'on va se retrouver.

Ils laissèrent donc là le sapin et descendirent la rue Drapeau, rapidement, comme pressés d'arriver enfin quelque part. Puis Judith s'arrêta, forçant Abel à en faire autant. De la main, elle lui montra une maison bancale bâtie au fond d'une cour. De gros

cèdres l'isolaient des autres. Ils avaient poussé n'importe comment, entre les moteurs de voitures qu'on
avait entreposés là avec de vieux pneus et des tuyaux
d'échappement, des enjoliveurs de roues et des pare-
chocs tout tordus. On aurait dit la devanture d'un
marchand de ferraille en plein cœur de Montréal-
Nord. Qu'est-ce qu'on pouvait bien faire avec tous
ces détritus?

— C'est le passe-temps de mon père, lui expliqua
Judith. Quand il ne travaille pas comme débardeur au
port de Montréal, il s'amuse à reconstruire de vieux
moteurs.

— Ça doit faire longtemps que ton père n'y
touche plus si j'en juge par la rouille qu'il y a partout.

— Mon père ne fait véritablement plus rien
depuis des années, sauf boire. Il devrait mourir avant
longtemps à cause de son cœur qui l'a lâché.

Abel pensa au frère de Judith, il pensa au *pectus
cavatum* qui lui creusait la poitrine, il pensa au père
alcoolique que guettait l'infarctus, et il demanda:

— Si je comprends bien, c'est toute ta famille qui
est malade?

— Ne crois pas ça. Ma mère vit neuf vies en
même temps et celles de mes oncles sont pires que du
chiendent.

Ils allaient entrer dans la cour quand Judith le tira
brusquement par le bras. Ils se retrouvèrent derrière un
gros cèdre, dans une talle de lys malingres du Canada.

— Je préfère que ma mère ne te voie pas, expliqua-t-elle. Ma mère n'aime pas qu'on soit là quand elle s'en va le matin.

La mère était apparue sur le perron si délabré qu'on avait dû l'assujettir à la maison au moyen d'une énorme chaîne aussi rouillée que les carcasses de moteurs entreposées dans la cour. Mais de loin, c'était facile de se rendre compte de la beauté de la mère: un corps plein sous la robe moulante, des jambes splendides et cette longue chevelure rousse et bouclée, pareille à une torsade. On aurait dit une vamp du cinéma américain de l'après-guerre, provocante, exagérément maquillée, particulièrement pour ce rouge vif qui faisait de ses lèvres une rose sanglante.

— Qu'est-ce que ta mère attend? demanda Abel.

Judith n'eut pas besoin de répondre car une grosse Cadillac blanche décapotée entra dans la cour. L'homme qui la conduisait fit vers la mère un grand signe de la main. Il portait des bagues à tous ses doigts et fumait le cigare. La mère descendit du perron, monta dans la Cadillac, se colla à son conducteur qu'elle embrassa fougueusement. Puis la Cadillac disparut dans la rue Drapeau.

— Ma mère a un amant, dit Judith.
— Je l'avais compris. On aurait dit une image d'Épinal tant c'était évident.
— Ne ris pas de l'amant de ma mère, protesta Judith. Il lui donne du bon temps et elle le mérite

bien. Travailler toute la journée dans un casse-croûte, puis se retrouver le soir avec mon père et mes oncles, je ne souhaite pas ça à personne.

Quand Abel voulut laisser l'abri du gros cèdre, Judith le retint, disant:

— Pas encore. Attendons que mes oncles soient sortis aussi.

Ils restèrent donc derrière le gros cèdre, blottis l'un contre l'autre, lui content parce qu'elle lui avait remis la main au califourchon et que malgré les vieilles carcasses rouillées, ça sentait bon à cause des lys du Canada et des cèdres que la pluie avait mouillés, décuplant leurs odeurs. Abel pensa qu'on était à mille milles de Montréal-Nord, dans le lointain pays de Saint-Jean-de-Dieu, tout au bout de la Rallonge, là où il y avait cette fondrière près des écorres de la Boisbouscache. En bordure, les bleuets poussaient gros et violets, avec ce goût légèrement acidulé lorsqu'on les mettait dans la bouche. C'était si exclusif que tous les étés, à la mi-août, il lui fallait prendre le train pour le Bas-du-Fleuve parce que le désir de revoir la fondrière, ses cèdres et ses bleuets l'obsédait comme amoureusement. Pour payer son voyage, il faisait du porte-en-porte tout l'hiver, vendant des beignes et des gâteaux pour cet énergumène qu'on appelait le Chien parce qu'il avait une face de bull-dog et qu'il était aussi hargneux que lui. Il ne payait presque rien pour les beignes et les gâteaux vendus mais il fallait bien travailler pour lui si le dimanche on voulait aller voir un film d'Elvis Presley au cinéma *Régal* et y boire un coca-cola, assis dans le noir, seul enfin, loin de la famille, comme dans un pays étranger ne connaissant ni la chicane, ni la pauvreté, ni l'ennui. Et puis, il y avait toute cette semaine de liberté au beau mitan de l'été. Quand il descendait du train à la gare des Trois-Pistoles, Abel allait louer cette petite chambre à l'hôtel *Victoria*, il empruntait la bicyclette du fils du propriétaire et, monté dessus, il s'imaginait être Fausto Coppi. Rien que deux puissants mollets qui le portaient vers les hauteurs de Saint-Jean-de-Dieu, vers la fondrière près des écorres de la Boisbouscache, vers la grande talle de bleuets. Couché tout nu dans les herbes, il y passait la journée sans penser à rien, heureux d'être simplement là, libre et seul.

Judith avait cessé de lui caresser l'entrejambe et Abel rouvrit les yeux, abolissant du même coup ce qui resterait toujours de chaleur dans le souvenir. Les oncles étaient enfin sortis de la maison et s'étaient assis sur la première marche du perron, tenant chacun une grosse bière à la main. Ils se ressemblaient tellement qu'ils ne pouvaient être que des jumeaux. De gros corps osseux et des têtes énormes comme celles de ces hydrocéphales que parfois le père sortait de l'hôpital du Mont-Providence pour les emmener passer le week-end à la maison, ce qui était bien pire que l'enfer parce qu'il fallait s'occuper d'eux, les traîner jusqu'au parc Paul-Sauvé et les faire jouer au baseball. On leur mettait un bâton dans les mains, on les installait au marbre, mais ils ne voyaient pas les balles qu'on leur lançait. Ils se contentaient de sourire béatement, leurs grosses têtes d'eau ballant dérisoirement sur leurs épaules. Pour qu'ils comprennent ce qu'ils devaient faire, il aurait d'abord fallu qu'on leur fende le cerveau pour que toute l'eau corrompue qui était dedans trouve à s'écouler.

Une fois leurs grosses bières vides, les deux oncles les lancèrent sur une carcasse de moteur et rirent du bruit que fit le verre en éclatant. Ils se levèrent en même temps, se donnèrent quelques coups de poing dans les côtes avant de s'en aller chacun de son côté, l'un disparaissant par la petite porte qu'il y avait au fond de la cour et l'autre sautant la clôture, ce qui le mènerait tout droit au vieil autobus jaune qui faisait la navette entre la rue Charleroi et le boulevard Industriel, aux confins de Montréal-Nord, là où les naufragés du Bas-du-Fleuve et de la Gaspésie trouvaient à s'embaucher à la petite semaine dans des usines crasseuses appartenant à des Juifs, des Pollacks et des Italiens.

— Nous pouvons entrer maintenant, dit Judith, entraînant Abel vers la maison.

Avant de passer le seuil, Abel regarda une dernière fois vers la rue Drapeau. Le soleil mangeait déjà tout l'espace, rendant encore plus laides les maisons tellement bancales qu'on aurait dit qu'on les avait appuyées les unes sur les autres pour qu'elles ne s'écroulent pas.

— À cette heure-ci du jour, j'emmenais les veaux boire dans la Boisbouscache, dit Abel. Sous les trembles, il y avait un remous plein de perchaudes.

— Je sais, dit Judith. Mes oncles faisaient pareil à Amqui.

— Plutôt que d'entrer chez vous, je devrais peut-être prendre le train pour là-bas. *L'air est suffisamment retourné comme ça.*

C'était encore du Antonin Artaud. Abel y revenait toujours quand il ne savait plus quel chemin prendre. La nuit passée avec Judith lui avait donné de si grands plaisirs qu'il se sentait menacé maintenant qu'on ne pouvait plus rester derrière le miroir, dans l'irréalité absolue comme ça se passait dans les romans de Kafka quand le corps entraîné dans les limites extrêmes de l'impatience se métamorphosait en cloporte ou bien en reptile. S'il s'enfonçait plus avant dans le rêve, n'était-ce pas ce que risquait Abel? Il aurait voulu s'asseoir dans les marches pour y réfléchir un peu mais Judith lui mit les deux mains dans le dos et le poussa vers la porte ouverte, citant elle aussi *L'Ombilic des limbes*:

— *Quand l'air est plein de coups de crayon, des coups de crayon comme des coups de couteau qui font comme des stries d'ongle magique, c'est grand temps pour soi d'entrer dans le ventre du monde. Alors entrons-y!*

La porte se referma sur Abel et Judith, abolissant du même coup l'intransigeance du soleil, les maisons bancales de la rue Drapeau, l'air nauséabond de

Montréal-Nord pollué par les grandes raffineries pétrolières installées au bout de l'île. Maintenant que la pénombre reprenait ses droits, le rêve pouvait continuer comme si on n'en était encore qu'au cœur de la nuit, dans la trépidance de l'épiphanie.

3

*Trois est le nombre symbolique
représentant la verge
et les deux testicules.
Chez les Peuls,
trois est le produit de l'inceste.*

Dans le vestibule, il faisait noir comme si on s'était retrouvé dans la gueule d'un loup, à cause des stores fermés qui ne laissaient pas passer la lumière des petites fenêtres en forme de lune dont on avait artisanalement percé les portes. Ça sentait la bière, l'urine et les détritus, comme si les carcasses de moteurs entreposées dans la cour avaient monté les marches et passé le seuil de la porte en même temps qu'Abel et Judith. L'odeur rance de la vieille huile s'était emparée de toutes choses pour les rendre humides et poisseuses. Abel dit:

— Si tu faisais de la lumière, je saurais au moins où nous sommes vraiment.

— Tantôt, lui répondit Judith. Pour le moment, ce n'est pas de lumière dont j'ai besoin.

— Entre deux portes, je me demande bien de quoi on peut bien avoir besoin!

— Si tu cherchais mon corps, tu comprendrais sans que j'aie à t'expliquer quoi que ce soit.

Abel allongea la main mais au lieu de toucher le corps de Judith, il effleura le cuivre froid d'une poignée de porte, celle qui devait mener du vestibule au reste de la maison. Abel la fit tourner, ce qui amena, en même temps que le grincement des pentures, un peu de clarté. Le vestibule était grand comme une petite chambre, avec plein de linge sale empilé sur les chaises ou bien accroché aux murs. Judith avait pris appui dans la porte d'entrée. Sa robe relevée jusqu'aux hanches, elle offrait son sexe à Abel. Elle se tenait des deux mains aux dossiers des chaises, ses reins cambrés, ses cuisses largement ouvertes pour que l'étoile sombre entre ses jambes occupe toute la place, fabuleusement bombée.

— Je veux que tu me caresses, dit Judith. J'en meurs d'envie depuis cette nuit.

Se laissant tomber sur les genoux, Abel mit sa bouche sur le sexe de Judith, puis y promena sa langue. Ça goûtait meilleur que les bleuets sauvages des écorres de la Boisbouscache. Ça goûtait meilleur encore que lorsqu'il promenait la sœur aînée toute nue sur ses épaules. Ses jambes devenues comme les grandes ailes d'un papillon affolé, Judith geignait:

— C'est ton sexe que je veux maintenant! Plus rien d'autre que ton sexe!

De la main, Abel le fit sortir du pantalon puis l'enfonça entre les cuisses de Judith, si excité que le blanc-mange aurait tout de suite jailli, sans même un seul coup de boutoir, si la supplication haletante n'était pas venue:

— Non! Pas ici! Je veux que ça dure jusqué dans ma chambre! Je veux que tu m'y amènes sans sortir de moi!

Elle s'agrippa à lui, joignant les deux bras contre sa poitrine. Du pied, Abel poussa la porte entrebâillée du vestibule. De faire quelques pas alors que son sexe restait vrillé dans celui de Judith constituait une sensation si vertigineuse que toute l'énergie d'Abel s'y concentrait. Il ne vit donc pas l'obstacle qu'il y avait dans le corridor, butant dessus. Il éjacula dans le vide avant de tomber par-dessus Judith alors que l'obstacle *tourna sur lui-même comme une nausée limoneuse et puissante, une espèce d'immense influx de sang* qui se mit à péter tout en continuant de ronfler. À quatre pattes, Abel s'éloigna de l'obstacle. Dans le noir du corridor, il n'y avait pas moyen de savoir sur quoi il avait buté, peut-être un gros chien trop vieux pour passer au travers de la nuit, comme c'était arrivé quand il était enfant. On avait été rendre visite au grand-père au bout du huitième rang de Saint-Jean-de-Dieu, il faisait tempête, il neigeait et ventait à écorner les bœufs, de sorte qu'on n'avait pas pu s'en retourner aux Trois-Pistoles. Il avait fallu dormir dans le salon, les frères et les sœurs couchés l'un à côté de l'autre sur des paillasses que le grand-père était allé chercher au grenier. La sœur aînée avait demandé à Abel de rester auprès d'elle. Elle avait dit: «Je vais me faire battre à mort si cette nuit je pisse au lit. Je veux que tu me parles tout le temps pour que je ne m'endorme pas. Si j'ai envie, tu viendras avec moi jusqu'aux toilettes.» Abel n'avait pas eu besoin de parler longtemps, la sœur aînée ayant éprouvé presque aussitôt le besoin d'aller au bout du corridor où, sous une chaise percée, était le pot de chambre. Comme il faisait nuit d'encre dans la maison, la sœur aînée et Abel avaient traversé le salon à quatre pattes avant de se retrouver dans le corridor. Ils ne savaient pas que le grand-père, à cause de la tempête, avait fait entrer dans la maison le grand chien jaune à bout d'âge et devenu aveugle. Ils tombèrent dessus au milieu du corridor, dans cette masse de poils si inattendue qu'ils se mirent à hurler, réveillant toute la maisonnée. Mais personne ne se rendit compte que la sœur aînée avait mouillé sa jaquette, parce que c'était cette nuit-là que le grand chien jaune avait choisie pour mourir. Le grand-père l'avait sorti de la maison et quand le lendemain on avait repris le chemin des Trois- Pistoles, le grand chien jaune était toujours là, juché sur ce banc de neige près de la porte, gelé raide par la tempête.

— C'est simplement mon père qui s'est endormi dans le corridor, dit Judith. J'aurais bien dû m'en douter qu'on tomberait sur lui: il ne couche presque plus jamais ailleurs quand il se retrouve ivre mort.

— Je peux t'aider à le transporter dans sa chambre, proposa Abel.

— Il n'a plus de chambre où dormir. Ma mère ne veut plus le voir dans la sienne.

Abel s'était redressé, honteux à cause de son sexe qui pendait, tout flasque, hors du pantalon. Heureusement qu'il faisait sombre comme la mort dans le corridor! Heureusement que le père de Judith n'avait pu se rendre compte de rien!

— Ne restons pas ici, reprit Judith. Si mon père se réveille, je vais être obligée de m'occuper de lui et je n'ai pas le goût de ça aujourd'hui.

Au bout du corridor, la cuisine était grande comme une main et aussi encombrée que le vestibule. Il y avait un gros tas de vêtements sales près de l'évier et de la vaisselle souillée partout, même sur ces caisses de bière empilées devant la porte. Les bouteilles vides couvraient toute la table et le dessus du réservoir d'eau chaude aussi rouillé que les carcasses de moteurs entreposées dans la cour. Un peu de lumière sourdait du store entrebâillé, colorant la cuisine de jaune sale comme dans les toiles de Bruegel. Abel dit:

— Je sais où je suis maintenant. Le printemps dernier, mon frère s'est fait opérer pour une hernie et c'est moi qui l'ai remplacé comme livreur à l'épicerie Houle. Tous les jours, j'apportais de la bière ici. Je passais par la ruelle, jamais par-devant. Ce que je trouvais drôle surtout, c'était le Golgotha qu'il y avait au fond de la cour. Je n'ai jamais vu une croix aussi sordide ni un Christ pareil: le sang lui coulait partout sur le corps.

— Ce sont mes oncles qui ont construit le Golgotha, expliqua Judith. Quand ils sont venus rester avec nous, il fallait bien leur trouver de la place. Ils ont donc creusé la cave et transporté la terre au fond de la cour. C'est ce qui leur a donné l'idée du Golgotha. Mes oncles sont des patenteux, ils aiment gosser le bois pour en faire des sculptures. À Amqui, il y en avait partout autour de chez eux. À leur façon, ils se vengent du monde qui ne leur a pas donné de place où être vraiment. S'ils avaient appris à lire et à écrire, mes oncles seraient peut-être devenus des écrivains comme toi.

Abel était allé vers le store. Il avait le goût de revoir la croix sordide et le grand Christ ensanglanté. Mais Judith lui prit le bras:

— Il n'y a plus de Golgotha maintenant. Ce n'est donc pas la peine que tu regardes.

— Explique-moi, dit Abel.

— Mon père l'a détruit à coups de hache une nuit qu'il était soûl et qu'il voulait se venger de mes oncles.

— Pourquoi?

— Quand mon père a appris que ma mère avait un amant, il a voulu la tuer à coups de hache. Il l'aurait sûrement fait si mes oncles n'étaient pas intervenus et ne l'avaient pas jeté dehors. Ils n'ont pas pensé à la hache que mon père avait gardée et ils sont re-descendus dans la cave pour continuer de boire avec ma mère. Lorsque le matin est arrivé, il ne restait plus rien du Golgotha ni de ce Christ qui t'a tellement impressionné.

Elle lui tenait toujours le bras comme pour l'em-pêcher encore de faire bouger les languettes du store. Ce n'étaient plus le Golgotha ni le grand Christ en-sanglanté qui intéressaient maintenant Abel mais les oncles de Judith:

— Je voudrais que tu me parles d'eux, dit-il. Tes oncles m'ont tout l'air d'être de saprés mécréants. Ça me change des miens qui ressemblent tous à des mis-sionnaires laïques, comme mon père.

— Plus tard, rétorqua Judith. Nous ne sommes pas encore arrivés à ma chambre et c'est là que j'ai maintenant le goût d'être. Viens avec moi.

Elle lui prit la main, l'entraînant au bout du corridor devant cette porte toute brisée dans le bas comme si une grosse botte ferrée s'était ingéniée à frapper furieusement dedans. Les pentures grincèrent quand la porte s'ouvrit puis se referma. C'était encore plus sombre dans la chambre que dans tout le reste de la maison et ça sentait les choses mortes comme lorsqu'on entre profondément dans la terre. Abel avait visité la crypte de l'église Notre-Dame-des-Neiges des Trois-Pistoles, un monde de grosses pierres, de poutres à moitié pourries et de gravats qui éclataient sous le pied comme des vesses de loup toutes sèches. Cette sensation de marcher sur des ossements émiettés ou des touffes de cheveux raides comme du fil de fer! Abel dit:

— J'ai l'impression d'avoir traversé le temps et l'espace et de me retrouver à mille milles de Montréal-Nord. Où m'as-tu donc emmené?

Pour toute réponse, Judith fit un peu de lumière, ce qui ne fit que rendre encore plus évidente l'étrangeté de la chambre. Les murs étaient faits de grosses pierres taillées dans du carton-pâte, comme les deux fenêtres aveugles. Sous le filet de pêche suspendu au plafond, les spots verts, rouges et bleus entremêlaient leurs faisceaux qui convergeaient vers le seul meuble qu'il y avait dans la pièce, une manière de table faite d'un marbre aussi faux que les grosses pierres taillées des murs. C'était en même temps totalement lugubre et parfaitement surréaliste. En plein cœur de Montréal-Nord, comment un tel décor avait-il bien pu prendre forme? Quand Abel posa la question à Judith, celle-ci dit:

— Tu n'as donc jamais lu *Au château d'Argol* de Julien Gracq? Le chapitre qui s'intitule «La chapelle des abîmes» est pourtant ce qui s'est écrit de plus beau dans la littérature française. C'est bien meilleur que ce qui se passe dans les *Mystères d'Udolphe* ou dans *La Maison Usher*. Gracq y parle de *la fluidité d'une huile noire et verte*, de *la couleur sombre des parois qui frappe les sens d'une silencieuse horreur comme un serpent glissant dans les herbes*. Il y dit aussi que la chapelle des abîmes est *comme un poignard englué dans un réseau de filaments rouges*, qu'elle est *comme l'impossible négatif de la nuit*, c'est-à-dire *le plaisir intense de la tentation*, un *tumulte d'effroi et d'extase en même temps*, une *finalité sans représentation de fin*.

Judith fit une pause, puis demanda:

— Est-ce que tu comprends mieux maintenant?
— Non, dit Abel. Ce que je vois ici est tellement bizarre qu'il va falloir que tu m'expliques longtemps.
— Pour quelqu'un qui veut devenir écrivain, je trouve que tu manques singulièrement de perspicacité. Mais je veux bien te raconter quand même pourquoi j'ai demandé à mes oncles de reconstruire ici l'image que j'ai gardée de ma lecture d'*Au château d'Argol*. Mais assoyons-nous d'abord. Je n'aime pas parler très longtemps quand je suis debout.

Abel se laissa conduire vers l'espèce de table qu'il y avait au milieu de la chambre. Mais quand il voulut s'y asseoir après avoir monté les deux marches qui y menaient, Judith le retint:

— On ne peut pas s'asseoir sur la dalle tout habillé. Je vais t'enlever tes vêtements et tu en feras autant avec les miens.

Pour la première fois, Abel pensa qu'il valait peut-être mieux qu'il s'en aille. Après tout, il ne restait plus rien de la nuit, plus rien de l'onirisme sensuel de *L'Ombilic des limbes*, et plus rien non plus de ce Kafka fiévreux et désirant mais se cantonnant dans l'attente et l'attendrissement pour ne pas avoir à vivre la déception. Ces deux mondes-là, Abel ne les craignait pas pour trop bien les connaître. C'étaient des livres ouverts dans lesquels il pouvait voyager en toute impunité. Pour être bien avec eux, il suffisait simplement de savoir jusqu'où on voulait aller. Ça ne pouvait pas être le cas avec Julien Gracq dont Abel ne savait rien. Cette chapelle des abîmes, reconstituée en plein cœur de Montréal-Nord par les oncles jumeaux de Judith, pouvait-elle dire autre chose que ce que devient le rêve quand la folie s'empare de lui? On ne revient pas de derrière le miroir, pensa encore Abel. On y projette son corps, le verre casse et on reste pris dedans, blessé et ensanglanté, démuni aussi bien de passé que d'avenir. Les mots de Julien Gracq dits par Judith lui revinrent: *Un serpent, un poignard, des filaments rouges, le plaisir, la tentation, le tumulte d'effroi et d'extase en même temps.* N'était-ce qu'une simple énigme ou bien le commencement d'une chute sans fin dans l'irréalité?

— Un écrivain ne doit pas avoir peur des mots, dit Judith comme pour répondre aux questions que se posait Abel. Sinon, il est mieux de rester derrière un guichet dans une banque.

Abel avait fermé les yeux, laissant les mains de Judith s'emparer de son corps. Elle défit à un à un les boutons de sa chemise, déboucla la ceinture de son pantalon, abaissa la fermeture éclair, puis ses lèvres humides se mirent à se promener partout sur la peau. Les frissons vinrent, par petits cercles se liant les uns aux autres, ce qui fit bander Abel comme lorsqu'il était sorti de l'arrière-boutique du vieux monsieur Faustus et que Judith lui avait mis la main au califourchon, cherchant son sexe sous le linge. C'était bien suffisant pour qu'Abel en oubliât où l'on se trouvait tout autant que ce que les mots de Julien Gracq pouvaient bien signifier. Il fit passer la robe de Judith par-dessus sa tête et se colla contre elle, le sexe chatouillé par cette toison rousse qui était comme une chevelure entre ses jambes. Quand Abel voulut y pénétrer, Judith protesta:

— Non, pas maintenant.
— Tu m'as dit la même chose dans le vestibule. Pourquoi tu dis toujours la même chose?
— Je ne suis pas capable de me faire aimer n'importe comment.

Il vint pour ouvrir les yeux mais elle l'en empêcha, mettant sa main dessus, disant:

— Attends que je te le demande. Il faut d'abord que je sois installée comme il faut. Ça ne sera pas long, tu vas voir.

Elle s'éloigna de lui et Abel pensa que le poignard de Julien Gracq se planterait bientôt dans son dos, coulant entre ses épaules comme une poignée de neige. L'image inattendue l'étonna: de quel trou noir de sa mémoire avait-elle surgi, pareille à un éclair fauve? Abel se vit sortir du *Café du Nord*. Il était avec l'un de ses frères et ces deux jeunes femmes à qui on avait payé de la bière tout l'après-midi. La nuit tombait et personne n'avait le goût de rentrer chez lui. Alors on était montés dans la voiture, Abel prenant place sur la banquette arrière avec l'une des deux filles, celle qui avait perdu un doigt dans une scie à viande de chez Steinberg's. On avait traversé le pont Pie-IX, passé à côté de la prison de Saint-Vincent-de-Paul sur cette petite route qui menait à la plage Idéal. On avait bu le fiasque de rhum que le frère d'Abel avait sorti du coffre à gants, de sorte que tout le monde était ivre quand on s'était retrouvés devant la rivière des Milles-Îles, tout nus dans le sable entre deux énormes quartiers de roc. La fille à qui il manquait un doigt avait un beau corps, mille fois plus excitant que celui de la sœur aînée d'Abel. Il se contorsionnait sous les caresses, comme une bête marine sortie de l'eau pour copuler furieusement dans la chaleur. Mais quand le sexe d'Abel chercha celui de la fille, le trouva et y entra pareil à un énorme coup d'épée, le ciel tira brusquement vers lui toute l'eau de la rivière des Milles-Îles et une pluie de sable fin, froide comme de la neige, se mit à tomber, trouant le dos nu d'Abel. Ça se mit à lui faire si mal entre les épaules qu'il se jeta de côté et rouvrit les yeux. La fille sans doigt était au-dessus de lui, un bout de bois pointu dans sa main fermée. C'était avec ce bout-là de bois pointu qu'elle l'avait frappé dans le dos, l'alcool l'ayant rendue hystérique. Avant de se mettre à courir toute nue vers l'entrée de la plage, elle avait dit à Abel:

— La prochaine fois, j'aurai un vrai poignard et ce n'est pas seulement de la profondeur d'un doigt que ça va t'entrer dans le corps! Ça va te transpercer d'un bord à l'autre pour te saigner à mort!

La fille sans doigt n'était pas la première paumée qu'Abel rencontrait. Depuis qu'il avait laissé Saint-Jean-de-Dieu pour vivre à Montréal-Nord, il n'avait connu que des fêlées du chaudron, comme la grosse Émilienne Salois qui l'invitait à jouer au ping-pong dans le souterrain de la maison familiale, prétexte pour lui montrer son gros corps flambant nu. Ça ne lui faisait rien si Abel n'en voulait pas. Elle avait juste besoin de s'exhiber gratuitement sans vêtements, elle avait juste besoin que quelqu'un la regarde sans lui dire qu'elle était obèse, laide et puante à cause de la transpiration qui rendait son énorme corps mille fois plus graisseux et dégoûtant. Qu'avait donc Abel de si malsain en lui pour que toutes les paumées de Montréal-Nord se jettent sur son passage, sans pudeur, comme hypnotisées?

— Rouvre les yeux, dit Judith. Je suis prête.

Sur la dalle au milieu de la chambre, elle était installée à quatre pattes, les fesses redressées, ses petits seins bruns pointant dans le vide. Un masque de louve lui cachait le visage et, sous elle, Remus et Romulus, figures gossées dans le bois et peintes de couleurs criardes, cherchaient de leur bouche ouverte à atteindre les tétines rosées. À cause de la lumière des spots, l'espèce de tableau, dans son étrangeté même, avait quelque chose de si théâtral qu'Abel fut comme terrassé par la beauté qui en émanait.

— Sodomise-moi, dit encore Judith. J'ai besoin que tu me le fasses maintenant. Je te dirai après pourquoi ça devait être ainsi entre toi et moi et pas autrement.

Il sembla à Abel qu'il ne pouvait pas bouger. Pourtant, il vit bien son corps sortir de lui-même et monter la première marche menant à la dalle. Il vit bien les fesses toutes rondes et la forêt de poils roux bombant le sexe de Judith. Il vit bien la fleur de lotus quand ses mains se posèrent sur les fesses pour les écarter l'une de l'autre. Ça vivait comme un cœur et c'était désirable comme rien ne l'avait encore jamais été pour Abel. Son sexe s'enfonça dans la fleur de lotus et des milliers de petites mains s'y agrippèrent, le tirant loin vers l'intérieur. Quand le blanc-mange gicla, Abel eut l'impression qu'on lui avait coupé le sexe et il tomba de tout son poids sur Judith. Entremêlés l'un dans l'autre, ils roulèrent de la dalle sur le plancher, haletants et mouillés, leurs corps comme disloqués. De la main, Abel chercha le visage de Judith. Les larmes ruisselaient dessus. C'était si inattendu qu'Abel crut que Judith s'était blessée en tombant de la dalle et que, plutôt que de pleurer, elle saignait abondamment.

— Non, dit Judith. Je ne me suis pas coupée nulle part, sauf en dedans de moi. Tu veux que je te raconte pourquoi?

— Je veux bien, répondit Abel.

Il mit son bras sur l'épaule de Judith, la forçant à se blottir contre sa poitrine. Puis les mots brûlants de fièvre vinrent, abolissant le rêve de la chapelle des abîmes, abolissant la louve fondatrice de Rome, abolissant les jumeaux Remus et Romulus, abolissant même la tentation du désir. Contre le corps d'Abel, il n'y avait plus qu'une petite fille naufragée dans la perversité de Montréal-Nord et qui demandait maintenant à être entendue.

— Parle, dit Abel. Je vais t'écouter jusqu'au bout.

4

Quatre est le chiffre totalisateur,
le fondement archétypal
de la psyché humaine.

L'enfance n'était pas un recours mais le rassemblement de toutes les outrances du monde; on y souffrait comme à perte de vue, on y était salopé par ceux-là mêmes pour qui le désir n'était qu'une odieuse malversation, malpropre et terrorisante. C'était impossile de ne pas y avoir le corps souillé, ou *retourné en boule* comme l'avait écrit Artaud, sans épaisseur et incapable de développer en soi ce qui avait été conçu, incapable *de se produire tranquillement* ainsi que l'avait bien vu Kafka en essayant mais sans succès de venir à bout du *Château*, émanation fuligineuse de son enfance, de ses angoisses et de sa mort.

Ce que raconta Judith ne constituait pas un discours mais l'au-delà de toute parole quand celle-ci se consume dans l'effroi de son propre commencement. Judith n'avait pas été désirée, pas plus quand on l'avait conçue qu'après sa venue au monde. Sa naissance n'avait fait que compliquer les rapports déjà malsains entre son père et sa mère. Ils se détestaient tous les deux, passaient leurs nuits à se battre et se seraient séparés l'un de l'autre si Judith n'était pas arrivée, aussi imprévue qu'une première bordée de neige.

— Je suis née à sept mois parce qu'une nuit mon père s'en est pris à ma mère et qu'il l'a tellement battue qu'on a dû lui fendre le ventre en deux quand elle s'est retrouvée à l'hôpital. Sinon je serais morte dedans, noyée dans ces eaux que les coups de pied de mon père avaient crevées. Mon père buvait déjà beaucoup à cette époque et ne travaillait déjà presque plus. Il n'allait au port de Montréal qu'une semaine sur deux et ce n'était pas vraiment pour besogner comme débardeur. Dans les bateaux, il volait tout ce qu'il pouvait. Parfois, c'était une pleine caisse de lunettes d'approche et parfois c'étaient de gros chaudrons en fonte ou bien des radios, des téléviseurs, des toasters et des fers à friser. Mon père les entreposait dans la cave pendant quelques semaines puis allait les vendre dans les tavernes de Montréal-Nord. Mais il se retrouvait bientôt si soûl qu'il ne choisissait plus le monde à qui il s'adressait. Il se faisait donc ramasser souvent par la police, puis passait devant le juge de Montréal-Nord qui s'en débarrassait en l'envoyant se dessoûler dans une cellule de la prison de Bordeaux. Mon père en ressortait fâché et avec une seule idée: celle de se venger. C'était toujours sur ma mère, mon frère et moi que ça finissait par retomber. Tant de démence, tu ne pourras jamais imaginer jusqu'où ça s'enfonçait. Tu en serais atterré pour des siècles et des siècles d'écriture mille fois plus morbide que si Kafka et Artaud s'étaient mis ensemble pour réécrire les livres de Julien Gracq.

Judith cessa de parler, comme pour laisser à Abel le temps de remonter avec elle dans le passé, aussi nu qu'elle-même avait dû se retrouver souvent quand sa mère s'en allait travailler au snack-bar *Chez Ti-Ken*, la laissant seule avec le père. Pour ne pas avoir à lui changer sa couche, il ne l'habillait jamais. Pour ne pas avoir non plus à laver de draps, il sortait Judith de son lit, l'emmenait dans la cuisine où elle passait toute la journée à se traîner à quatre pattes sur le plancher. Assis à la table, le père buvait, revêtu simplement de son caleçon. Il ne s'occupait pas de Judith tant qu'elle ne se mettait pas à pleurer parce qu'elle avait faim. Il la prenait alors sur ses genoux et chantait pour elle la chanson dite du petit galop, un amas de mots que la bière rendait inaudibles tandis que les jambes du père bougeaient en cadence. Judith sautait de l'une à l'autre, grisée par le mouvement. Elle oubliait son ventre vide et finissait par s'endormir, sa petite bouche fermée sur le pouce du père.

— Je ne me souviens pas exactement quand les choses ont changé, reprit Judith. On était en été, il faisait très chaud et tout vous collait à la peau à cause de l'humidité. Prétextant que sa mère était malade, la mienne s'était enfuie en Gaspésie avec son amant pharmacien et mon frère dont elle ne se séparait jamais. Plutôt que de leur courir après comme il avait menacé de le faire, mon père se soûla comme d'habitude. Il se promenait nu dans la maison en gesticulant et en criant. Il n'y avait plus un meuble qui tenait debout tout seul et plus un morceau de linge dans les garde-robes. Mon père avait tout viré à l'envers juste pour venir à bout de sa fâcherie. Moi, je m'étais cachée dans le garde-manger parce que j'avais peur que mon père me jette dehors. Il le faisait tout le temps quand il perdait la tête, même en hiver. Mon frère, ma mère et moi, on se retrouvait souvent dans la rue Drapeau au beau milieu de la nuit, en jaquette et pieds nus dans la neige. Quand nous voulions revenir à la maison, mon père nous accueillait en nous lançant des bouteilles de bière vides.

— Pourquoi restiez-vous avec lui? demanda Abel. Vous n'aviez qu'à partir et ne plus revenir jamais.

— On n'avait nulle part où aller. On ne savait pas non plus qu'une autre vie pouvait être possible ailleurs. On ne connaissait que la rue Drapeau et tout le monde qui l'habitait vivait comme nous. Pour ma part, c'est du moins ce que je pensais. Aussi je ne voyais rien d'anormal dans l'attitude de mon père. Tous les pères devaient être comme lui, voleurs, ivrognes et fous. Est-ce que c'est vraiment impossible pour toi de comprendre au moins ça?

Sortant de l'obscurité de sa mémoire, la truie apparut devant Abel. Elle appartenait à un cousin de la famille qui vivait à Sainte-Rose-du-Dégelé, au bout d'un rang si éloigné qu'on ne s'y rendait jamais qu'une seule fois au beau mitan de l'été. Le cousin était célibataire et la truie le suivait partout, même sur la galerie de la maison. Le soir, le cousin s'assoyait dans la berçante et jouait de l'harmonica pour la truie qui venait se mettre entre ses jambes, lui tournant le dos et tire-bouchonnant de la queue. Sans cesse de jouer de la musique et sans cesser de se bercer, le cousin déboutonnait son pantalon, en sortait son sexe et l'enfonçait dans celui de la truie. Le cousin croyait qu'Abel était parti avec toute la famille chercher des pommes au bout de la terre. C'était si loin qu'il n'avait pas cru bon changer quoi que ce soit au monde de ses habitudes. Caché par les lattes en treillis ceinturant la galerie, Abel avait regardé, fasciné par l'accouplement de son cousin et de la truie. Il ne savait pas encore que c'était mal, comme Judith ignorait que son père ne ressemblait guère à tous ceux qui vivaient de chaque bord de la rue Drapeau. Il vint pour le lui dire mais Judith avait mis fin au silence et repris sa narration:

— J'avais peut-être quatre ans quand c'est arrivé pour la première fois. C'était pendant cet été-là qu'il faisait si chaud. Ma mère ne voulait plus s'en revenir de la Gaspésie, elle parlait même de divorcer. Au port de Montréal, les débardeurs faisaient la grève. Mon père n'avait plus rien à voler et s'ennuyait. Il passait ses journées à boire, évaché sur le divan, tout nu à cause de la chaleur. Il me laissait monter sur lui et jouait avec moi, me disant que son sexe était un petit bonhomme de bois rebelle et que je devais le dompter. Les premiers temps, ça n'allait pas plus loin. Puis mon père a pris plaisir à laisser le petit bonhomme de bois se promener sur moi. Puis il s'est mis avec à me chatouiller le sexe. Puis il le faisait entrer en moi mais sans jamais aller très loin pour que je n'aie pas mal. Je croyais vraiment qu'il ne s'agissait que d'un jeu. Même quand ma mère est revenue de Gaspé, mon père a continué de jouer ainsi avec moi. Avec le temps, le petit bonhomme de bois est allé plus loin, et pas juste dans mon sexe. La première fois que mon père m'a sodomisée, j'avais sept ans.

«Je rêve, pensa Abel. Je ne suis pas dans cette maison de la rue Drapeau, j'ai imaginé cette chapelle des abîmes, ces pierres, cette dalle, ce que je viens de faire avec Judith et tout ce qu'elle m'a raconté de sa vie. Quand je n'arrive pas à écrire comme je voudrais, je me laisse sombrer dans la dérilection, comme Antonin Artaud, *je fais fumer les jointures des pierres, je fais appel aux mots-stupéfiants, je déchire les membranes proches, j'enténèbre la vie, je deviens une bête mentale et vicieuse.*»

Les mains d'Abel cherchèrent le corps de Judith comme pour s'assurer de sa réalité. Les yeux d'Abel revirent les murs de pierres taillées dans du carton-pâte, la dalle et les deux marches au milieu de la chambre, les spots accrochés au plafond sous le filet de pêche. Même Remus et Romulus étaient bien réels, leurs petites bouches toujours ouvertes vers ces seins gonflés de lait de la louve fondatrice de Rome.

— Je ne comprends pas, dit Abel. Je ne comprends pas pourquoi tu as recréé la chapelle des abîmes et pourquoi tu ne t'es pas enfuie de cette maison, loin de ton père sodomite.

— Je t'ai dit que je ne savais pas que c'était mal ce qu'il faisait avec moi.

— Quand tu n'étais encore qu'une enfant, je veux bien le croire. Mais après?

— Après, ça n'a rien changé. Mes sens s'étaient réveillés depuis trop longtemps: aucune idée morale ne pouvait plus s'interposer entre mon père et moi. Il n'y avait que le plaisir intense de la tentation.

Ce que disait Judith n'était pas très clair pour Abel puisque rien n'aurait pu se passer ainsi dans sa famille, la punition succédant automatiquement au plaisir pervers aussitôt que découvert. Le cousin de Sainte-Rose-du-Dégelé avait été enfermé à Mastaï lorsqu'on avait su qu'il copulait avec la truie; et quand la sœur aînée d'Abel s'était fait prendre en train de caresser le sexe de son ami, le père l'avait battue presque à mort avec sa ceinture. Lorsqu'il le dit à Judith, elle rétorqua:

— Ce n'est pas avec des idées pareilles que tu vas devenir écrivain. Toi qui prétends vouloir tout dire, comment penses-tu y arriver si tu es incapable d'entrer dans le monde des outrances? Il n'y a pourtant que là-dedans qu'on puisse appréhender la liberté.

— Tantôt, quand nous sommes tombés de la dalle, tu pleurais. Ce n'était sûrement pas par plaisir.

— Je pleure toujours quand ça s'enfonce en moi. C'était comme ça même quand j'étais enfant. En dedans de moi, ça saigne et je n'y peux rien: s'il n'y a pas de sang qui coule, il ne peut pas vraiment y avoir de plaisir. Artaud l'a écrit pourtant: *les larmes, cet excès de la joie.*

— Je ne me souviens pas d'avoir lu ça dans *L'Ombilic des limbes.*

— Quelle importance que ça soit ou non dans *L'Ombilic des limbes*? N'est-ce pas suffisant que ça soit écrit à l'intérieur de moi?

— Je veux bien, dit Abel. Mais ce que tu me racontes ne m'explique encore rien de ce que ta chambre est devenue. Pourquoi donc cette reconstitution de la chapelle des abîmes?

— Parce que Julien Gracq l'a créée mais pour rien. Dans son roman, tout est décrit mais rien n'est vécu, la chapelle des abîmes n'est qu'un stérile décor, les personnages le regardent mais ne s'y déshabitent pas, *l'impossible négatif de la nuit* reste une vue de l'esprit. Il fallait donc que je l'incarne comme jamais Julien Gracq n'a osé le faire. La sodomie est l'acte absolu dans la transgression des tabous. Jusqu'à maintenant, je ne l'avais vécue qu'avec mon père. Je ne pouvais pas être totalement Heide, il me manquait Herminien pour que tous mes membres soient liés, *comme fondus et rassemblés par l'écrasante majesté de la foudre, tout mon corps forcé, percé, marqué, palpitant, meurtri, déchiré, lacéré mieux que par neuf glaives, ruisselant de sang, brûlant d'un feu rose, d'un aveuglant et insoutenable éclat, toute ma chair giclant comme un fruit dans les griffes aiguës du destin.*

— Tu es folle, dit Abel.

— Non, protesta Judith. Je me sens simplement tout à fait libre avec toi. Bientôt, je n'aurai plus besoin de mon père et ce sera grâce à toi. Il pourra mourir sans que mon sentiment se retourne contre lui, il pourra mourir sans avoir besoin de rien regretter. En restant avec moi, tu deviendras l'écrivain que tu as toujours été mais que ta famille t'interdit d'être.

— Qu'en sais-tu vraiment?

— C'est inscrit dans ton corps, c'est inscrit dans les paroles que tu dis, c'est inscrit jusque dans tes silences.

Abel avait besoin de réfléchir. Ce qu'il venait de vivre avec Judith avait été si inattendu et si outré que n'importe quelle pensée se formait difficilement en lui. Il recourut donc comme toujours à Kafka, cherchant dans le *Journal* les mots que sa mémoire avait retenus, peut-être seulement pour qu'ils lui servent de rempart, comme quand il se querellait avec son père, citant Georges Bataille ou Victor Hugo, ou Apollinaire, ou bien encore les calembours de San-Antonio afin que l'ennemi ne puisse plus rien dire, knock-outé par ces mots sauvages face auxquels il ne pouvait plus y avoir de défense. Kafka avait écrit: *Il me faut beaucoup de solitude. Ce que j'ai accompli n'est qu'un succès de la solitude. Peur de me lier, de me jeter de l'autre côté. Alors, je ne serai plus jamais seul.* Ce n'étaient pas les mots qu'attendait Abel, ils ne simplifiaient rien mais rendaient encore plus difficile l'émergence de sa pensée. Tout était confus en lui, zigzagant et lourd. Il aurait voulu se retrouver dans l'arrière-boutique du vieux monsieur Faustus, à l'écouter raconter ses anecdotes sur Montréal-Nord, il aurait voulu ne voir Judith que dans cette ruelle qui menait au *Café du Nord*, il aurait voulu qu'après des caresses inoffensives on se soit simplement assis dans la pénombre du cabaret pour boire une grosse bière et regarder un strip-tease. Après, il serait retourné sur le balcon derrière la maison, se serait assis sur le vieux coffre et, sa machine à écrire sur les genoux, il aurait écrit toute la nuit.

— Pourquoi ne réponds-tu pas à ce que je te demande? dit Judith. Est-ce de moi que tu as peur ou bien de toi?

Elle venait de lui proposer d'emménager chez elle, dans le souterrain où vivaient ses oncles jumeaux:

— Contrairement à chez vous, tu auras un coin pour écrire et personne pour te dire que tu perds ton temps. Moi, je t'accompagnerai en te donnant tout de mon corps, je te traverserai comme c'est dit dans *Le Pèse-nerfs*, je ferai pour toi *l'alliance de la lumière énergique avec tous les métaux de la nuit*. Quand tu seras vraiment devenu écrivain, je sortirai de ta vie comme j'y suis entrée, avec la fulgurance de l'éclair. Tu auras appris ce qu'est le corps de la femme et tu seras sorti de ton enfermement.

— Et toi-même?

— J'aurai fait le passage de mon père à l'homme comme mutation du désir. Mon père va mourir bientôt, je te l'ai dit déjà. Je n'ai donc pas beaucoup de temps devant moi.

La pensée d'Abel se traînant toujours, il avait besoin de gagner du temps. Il dit:

— Je ne sais même pas si ton frère et ta mère seraient d'accord pour que je m'installe ici.

— Mon frère est en voyage aux États-Unis. Il n'habitera plus ici quand il va revenir, à cause de ses amis avec qui il s'en va vivre, juste à côté de l'Université de Montréal. Quant à ma mère, elle ne s'est jamais occupée de moi et me laisse faire tout ce que je veux.

— Et tes oncles jumeaux?

— Ils sont comme des ombres dans la nuit, comme des revenants qui te feront connaître les choses anciennes, comme des dieux lares et hilares avec qui tu riras beaucoup, ce dont la vie dans ta famille t'a toujours privé.

Abel n'était pas encore vraiment convaincu, Judith lui paraissant plus étrange encore que tout ce qu'il aurait pu imaginer. Qu'y avait-il de vrai dans ce qu'elle avait raconté? Quelle part d'elle n'appartenait pas au monde équivoque du rêve, au monde équivoque de l'irréalité? Abel allongea le bras vers le corps de Judith, appréhendant le moment où il le toucherait. Peut-être éprouverait-il le même sentiment que ce personnage de Robert Musil lorsqu'il avait mis sa main sur le corps de l'amoureuse, comme *des doigts pénétrant dans une carcasse de poulet pour en retirer le cœur*. Il avait malgré tout besoin de savoir. Aussi sa main effleura-t-elle les seins de Judith. C'était ferme et tout chaud et palpitant, comme si deux oiseaux avaient battu des ailes dedans. Alors Abel sut qu'il ne pouvait plus fuir, qu'il était véritablement happé par le corps de Judith, par ce corps redevenu très simple et s'offrant, immensément chaleureux parce que libéré de toute perversité. Quand son sexe entra dans celui de Judith, il ne restait plus rien de la fausseté de la nuit ni rien des apparences trompeuses de la mort. La chapelle des abîmes de la rue Drapeau, comme un ectoplasme, voguait déjà loin du ciel embrasé de Montréal-Nord, repoussée par la beauté toute simple du plaisir. Au-delà, le vertige attendait, doux comme une naissance.

5

Chez les Aztèques,
cinq est le chiffre symbolique
de l'homme-conscience du monde,
il est la course nocturne du soleil noir
dans les enfers.

Abel aurait préféré ne pas remonter de son demi-sommeil. Ses meilleurs romans, il les écrivait dans la moiteur du petit matin alors que rien ne venait mettre un frein à l'imagination, aucun déplaisir et aucune censure. Il suffisait de laisser aller les rêves, il suffisait de savoir se tenir comme en état de jonglerie pour les attraper quand ils se matérialisaient. Peu importait s'ils rendaient compte ou non de la réalité. Elle était de toute façon si stérile qu'il valait mieux s'en déposséder. Et puis, Judith n'était pas qu'une simple invention, Abel l'ayant vraiment rencontrée chez le vieux monsieur Faustus du boulevard Pie-IX. Ensemble, ils avaient traversé cette ruelle qui menait tout droit au *Café du Nord* et ils s'étaient caressés avant d'entrer dans cette maison de la rue Drapeau, si excités que le monde avait chaviré en même temps que leurs corps se dénudaient. Était-ce dans la chapelle des abîmes ou bien dans la chambre banale de Judith?

Abel avait bu trop de vin chez le vieux monsieur Faustus et lu trop de livres pour répondre vraiment à la question. Tout avait giclé de son corps comme une tempête, la mémoire des livres appris par cœur aussi bien que ce qui jusqu'alors était resté refoulé dans le désir. Et puis, tout ce qui comptait finalement, c'était que Judith lui avait offert de s'installer chez elle et qu'il avait accepté, attiré autant par le besoin qu'il avait de son corps que par les oncles jumeaux créateurs d'un Golgotha aussi réel que cette chambre de la rue Monselet dans laquelle on se retrouvait maintenant, aussi réel que ces coups qu'on frappait avec insistance dans la porte. Abel aurait voulu les ignorer mais la porte s'ouvrit, faisant apparaître la mère. Elle avait les cheveux lissés par derrière comme toutes les fois qu'elle prenait sa douche et portait cet affreux kimono bleu liséré de jaune qui la faisait ressembler à Buddy Rodgers, ce gros lutteur qu'on voyait tous les mercredis à la télévision.

Du seuil de la porte, la mère regarda Abel puis la petite table bancale qu'il y avait devant la fenêtre. Parce que la lampe était restée allumée dessus, la mère demanda:

— T'as encore travaillé toute la nuit, c'est ça?
— Tout le monde ronflait. Écrire quand tout le monde ronfle, je me demande bien comment ça pourrait se faire.
— Tes folleries! Toujours tes maudites folleries! Quand donc cesseras-tu de te monter la tête avec?

Abel haussa les épaules et sortit du lit, une minable couchette de fer comme les trois autres qu'il y avait dans la chambre. On dormait à deux dans chacune d'elles et les sommiers étaient si fatigués qu'ils étaient pareils à des hamacs, faisant cet énorme creux au beau mitan des ressorts. On finissait par y rouler, dans une promiscuité qui avait toujours quelque chose d'écœurant: l'un des frères dormait la bouche ouverte et la bave n'arrêtait pas de lui couler sur le menton. Ces dents pourries, ces odeurs fétides et les boutons putrescents qui aboutissaient sous la barbe naissante! Un autre frère ne faisait que passer ses nuits à bander. Ce sexe visqueux cherchant à s'immiscer entre vos cuisses puis devenant ce piston affolé qui crachait son blanc-mange, pareil à un geyser!

— Quand ton père va rentrer, il va falloir qu'on se parle, dit encore la mère. Les choses ne peuvent plus continuer comme elles sont. Est-ce que tu m'entends au moins?

Cette fois-ci, Abel hocha la tête et se dirigea vers la petite table bancale, la masquant de son corps comme pour protéger les feuilles écrites durant la nuit. La mère aurait pu avoir le goût de les lire et leur outrance l'aurait catastrophée. Sa mère, Abel la connaissait bien davantage que n'importe qui d'autre de la famille, il savait ses peurs secrètes et tout le désespoir qu'elle refoulait en elle parce qu'elle n'avait pas le droit de le manifester jamais, sauf quand elle se retrouvait seule dans la berçante de la salle de jeux et qu'elle laissait les larmes lui couler sur les joues, happée par la détresse. Il n'y avait pas de solution à la pauvreté. C'était comme une peau de chagrin qui chaque jour se rétrécissait davantage, menaçant d'étranglement tout le monde connu. Il ne pouvait pas y avoir d'avenir comme il n'y avait déjà plus de passé. On les avait laissés derrière soi à Saint-Jean-de-Dieu, on les avait vendus morceau par morceau lors de l'encan devant la grange, et c'était malpropre comme tous les mauvais souvenirs, c'était malpropre comme le fond même de la vie. Quand on en était rendu là dans la dépossession, on ne pouvait que se méfier de l'écriture; elle était pire qu'un poignard planté profondément entre les omoplates.

— Je te parle, dit encore la mère. Pourquoi fais-tu toujours semblant de ne pas m'écouter?

Abel leva les yeux vers elle qui était restée devant la porte ouverte et ce gros corps déjà déclinant lui parut presque obscène de beauté ou bien de laideur, il n'aurait su dire pourquoi. Tout ce qu'il savait, c'est qu'il aguissait sa mère, peut-être parce qu'elle ne l'avait jamais dorloté, peut-être parce qu'elle lui avait toujours refusé l'abri de son corps: un jour, elle l'avait expulsé d'elle et cela avait été un acte définitif. Il ne rentrerait plus jamais à la maison, condamné à tourner inutilement autour d'elle comme le chevalier à la Triste Figure l'avait fait autour de ses trop réels moulins à vent dans le roman de Cervantes.

Comme Abel n'avait pas encore répondu à la question que par deux fois elle lui avait posée, la mère laissa la porte et s'avança vers lui. Mais il savait déjà qu'elle s'arrêterait en chemin par peur d'avoir à le toucher. Elle l'avait touché quand il était né et ne l'avait plus refait parce que la petite bouche s'était refermée sur son pouce si safrement qu'elle avait eu l'impression qu'il voulait l'avaler et avaler la main aussi, puis le bras et tout le reste du corps. Le plus étrange était qu'Abel était persuadé que sa mère s'en souvenait aussi: ça avait dû s'inscrire dans l'au-delà de leurs mémoires, là où depuis toujours veillait l'idée de meurtre.

Ils se regardaient, ils avaient le goût de se jeter l'un contre l'autre, ils avaient le goût de fermer les poings et de se frapper sauvagement, ils avaient le goût de faire jaillir le sang pour que le malentendu qui les dressait l'un contre l'autre cesse enfin. Mais la mère retraita comme elle le faisait toujours quand elle se retrouvait vraiment seule avec Abel. Avant de sortir de la chambre, elle balbutia:

— Ta maudite tête de cochon, ton père va s'en occuper dès qu'il va revenir de l'hôpital. Comme à l'accoutumée, tu ne mérites pas mieux. Pourtant, ça serait si simple si tu voulais faire comme il faut.

C'est à peine si Abel avait entendu la dernière phrase, à cause de la maudite tête de cochon qui était venue avant. Depuis l'enfance, elle occupait tout le champ du discours de sa mère et tous les prétextes lui étaient bons pour rappeler à Abel qu'il n'avait jamais été véritablement baptisé, que le prénom que lui avait donné son parrain n'avait aucune pertinence et n'en aurait jamais. Les premières fois, ça l'avait mortifié, à cause de l'image même: ce groin rose, ces petits yeux bleus et traîtres, ces grandes oreilles molles, comme la condensation de tout ce qu'il pouvait y avoir de laid dans le monde parce que désastreusement inhumain. Si la mère avait été la seule à utiliser l'image, la tête de cochon serait sans doute morte en même temps que la petite enfance. Mais un médecin l'avait en quelque sorte confirmée, non plus seulement pour la mère mais pour toute la famille. C'était le lendemain du neuvième anniversaire de naissance d'Abel. Avec deux de ses frères et sa mère, il avait rendu visite au médecin qui, pour la quatrième fois, devait le vacciner contre toutes les maladies de la petite enfance. Le vaccin n'avait aucune prise sur Abel: l'aiguille entrait dans la peau, y injectant le venin, puis en ressortait sans que rien ne se passe jamais. Ça ne piquait pas, ça ne démangeait pas, ça ne faisait pas cette petite plaie sur le bras et il n'y avait pas la petite gale qui, une fois séchée, faisait cette petite cicatrice rose sur la peau. Pourquoi était-ce différent avec lui? La mère avait posé la question au médecin, un vieil homme tout édenté et dont le corps puait la vomissure malgré le carré de camphre assujetti dans ce scapulaire qu'il portait sous la chemise. Le médecin avait jeté un coup d'œil au registre qu'il y avait devant lui puis, redressant la tête, il avait dit:

— Madame Beauchemin, votre fils n'a pas qu'une tête de cochon comme vous l'avez cru jusqu'à maintenant. Le sang qui coule dans ses veines est aussi celui du cochon. Il n'y a rien à faire avec du sang pareil. Quand bien même je le vaccinerais encore, ça serait de la grosse peine perdue. Ramenez-le donc à la maison et n'en parlons plus jamais.

Abel était sorti du bureau du médecin devant sa mère et ses deux frères qui attendirent d'être dans la rue avant de se mettre à scander: «T'es un cochon, c'est le médecin qui l'a dit! T'es un cochon et t'as la queue en tire-bouchon. Et c'est nous qui l'avançons!» D'autres enfants s'étaient joints aux frères d'Abel, c'était pareil à une clameur qui rendait méconnaissable le petit sentier qui menait à la maison. Le pire pour Abel, c'était que la mère gloussait au lieu de mettre fin aux cris infâmes. Ça ne lui suffisait donc pas de l'avoir violemment expulsé de son corps et de ne jamais le toucher? Pourquoi ne le défendait-elle même pas contre cette meute aboyante qui changeait la nuit tombant par grands paquets noirs en quelque chose de pire que la mort même? Les larmes vinrent aux yeux d'Abel et une telle rage l'assaillit qu'il bouscula sa mère, se jeta sur ses frères qu'il bourra de coups de poing avant de disparaître vers la savane qu'il y avait derrière la maison.

Cette savane-là était un lieu tabou, personne de la famille n'y allait jamais à cause du marécage qu'il y avait au beau mitan d'elle. Des bêtes difformes la peuplaient, il y avait plein d'enfants morts dans de petits cercueils de bois qui flottaient sur les eaux pestilentielles. S'aventurer aussi loin dans la boue spongieuse, c'était admettre déjà que seule la mort valait la peine d'être vécue. Ça faisait peur parce que la lumière manquait, ce qui rendait encore plus troublant le monde des odeurs pourries qui occupaient maintenant tout l'espace. Malgré l'angoisse, Abel ne cessait pourtant pas d'avancer. De gros crapauds fuyaient devant lui, des hiboux fâchés tournoyaient dans la nuit, des sangsues se collaient à ses cuisses, des branches mortes et pleines d'épines lui déchiraient la peau.

Parfois l'eau noire lui arrivait jusqu'au menton et il faisait de grands moulinets avec ses mains afin d'agripper quelque chose qui l'empêcherait de sombrer sans fin dans le ventre visqueux de la terre. Mais nulle part Abel ne fit la rencontre des bêtes difformes ni des enfants morts dans les petits cercueils de bois. La réalité était plus désastreuse: la savane ne représentait rien d'autre qu'une mer de boue qui puait comme un cochon éventré et mort, ce n'était pas dangereux mais simplement indifférent.

Quand Abel le comprit, il ne vit plus l'utilité de marcher plus longtemps et il se laissa tomber sur le cochon éventré et mort, attendant que les vers glauques lui entrent dans la bouche, dans le nez et dans les yeux pour lui sucer ce qui restait encore de vie dans son corps. Il était à peu près tout mangé quand son père le découvrit enfin, trois jours après sa fuite. Il se laissa transporter à la maison où on le coucha dans le grand lit de ses parents, signe qu'il avait vu la mort de près. Ce ne fut pas suffisant toutefois pour que sa mère le touche. Elle lui apporta à manger, elle daigna même s'asseoir auprès de lui mais ses mains restèrent jointes sur ce chapelet qu'elle égrena en silence, embrassant la croix après chaque dizaine. S'être perdu dans la savane n'avait rien donné, à part le fait que ses frères n'osèrent plus lui dire qu'il était une tête de cochon avec une vilaine queue qui tire-bouchonnait. Même quand pour les éprouver Abel se mit à marcher à quatre pattes dans la cour derrière la maison et à manger de la terre, ses frères firent semblant de ne s'apercevoir de rien. Ils sortaient le petit tombereau du hangar, s'y attelaient et s'en allaient vers la voie ferrée qui passait au-delà de la savane. Entre les rails, il y avait parfois de gros morceaux de charbon que les locomotives repues laissaient tomber derrière elles, les chiant parce que trop pressées pour avoir le temps de bien les digérer. Pourriture de l'enfance, pourriture de toutes les enfances à cause d'une mère qui avait toujours refusé de vous toucher!

Sans s'en rendre compte vraiment, Abel s'était dirigé vers la garde-robe. Il en ouvrit la porte, chercha parmi l'amas de caisses la valise en carton brun qu'il avait gagnée en improvisant sur une poignée de porte lors d'une joute oratoire à l'école Pie-IX. De tous les concours littéraires auxquels il avait participé, des quelques bourses que son talent lui avait values, il ne restait plus que cette vilaine valise en carton brun: contrairement à l'argent dont ses parents s'étaient emparés, ils la lui avaient laissée, «comme une avance pour le jour de tes noces», avaient-ils dit juste pour rire encore plus parfaitement de lui.

Abel mit la valise au pied de la minable couchette de fer, y versa par paquets les morceaux de linge qu'il alla chercher dans le tiroir de la commode qu'on lui avait attribué depuis le naufrage de Saint-Jean-de-Dieu. Dessous la pile de linge, il y avait les premiers manuscrits écrits par lui et les lettres de refus envoyées par les éditeurs. *Ti-Jean dans sa nuit*, *La Route* et *L'Île aux Basques* étaient depuis trop longtemps des choses mortes pour que ça méritât d'être emporté avec soi. Peut-être le père allait-il les déchirer avec hargne quand il apprendrait qu'Abel s'en était allé de la maison pour toujours. Ou mieux encore, peut-être irait-il les brûler dans le gros poêle de fonte chez Oscar Ravary comme jadis on avait fait pour les manuscrits de Galilée, de Giordano Bruno et de Savonarole, par obscurantisme et par peur que la vérité, pareille à la fameuse flèche de Guillaume Tell, vienne se planter dans cette grosse pomme pourrie qui vous tenait lieu de tête.

Se laissant glisser sur les genoux, Abel allongea la main vers les livres qu'il avait mis sous la commode à défaut d'avoir d'autres endroits pour les ranger. Il ne restait plus beaucoup de place dans la valise en carton brun, il fallait donc choisir. Abel opta pour *Le Bleu du ciel* et *L'Anus solaire* de Georges Bataille, à cause de cette seule phrase dont il se souvenait: *Rien d'aussi aveuglant ne peut être comparé à l'exception du soleil, bien que l'anus soit la nuit.* Chez Beckett, il ne prit que *Malone meurt: Oui, on a beau dire, il est difficile de tout quitter.* Quant à l'*Initiation à la haute volupté* d'Isidore Isou, Abel l'aurait bien abandonné sous la commode: *L'éternel érotisme des motifs, des pensées latérales par rapport aux choses*, ça ne lui disait plus vraiment rien. Mais il s'agissait du premier livre qu'il avait acheté à la librairie du vieux monsieur Faustus et il avait découvert dedans le plaisir de la rêverie nonchalante, des perversités amoureuses et de l'absolu du vice. Ça ne pouvait pas se laisser derrière soi, comme *Le Château* de Kafka qu'Abel n'avait pas cessé de pasticher depuis qu'il s'était mis à écrire vraiment, faisant sienne la problématique de l'arpenteur s'attelant à une tâche pour laquelle on n'avait pas besoin de lui, ce qu'Abel croyait représenter pour sa famille: il avait toujours été de trop, il n'y avait jamais eu de place pour lui et il n'y en aurait jamais.

Ne restait plus que le manuscrit inachevé à mettre dans la valise, puis Abel boucla les deux grosses sangles qui en faisaient le tour. Il pouvait s'en aller maintenant. Il jeta un dernier coup d'œil aux chromos représentant sur les murs les vierges et les martyrs du catholicisme romain, leurs corps pleins de sanglantes blessures ou piqués par les fourches caudines de tous ces démons qu'on avait fait sortir des enfers pour semer la peur dans le monde. Il jeta un dernier coup d'œil aux cinq frères qui dormaient encore dans les lits, amas de bras et de jambes, de langues blanches et de sexes dressés pour rien sous les couvertures. Tout ça était déjà mort, tout ça n'était même jamais venu au monde une seule fois. Aussi est-ce avec le sentiment d'être enfin délivré qu'Abel ouvrit la porte de la chambre et se jeta tête baissée dans le corridor, comme un taurillon happé par la verdoyance du paysage, à ce point désorienté qu'il devenait impossible de ne pas s'y retrouver dans toute la profondeur de son corps.

6

Le six marque essentiellement
l'opposition
de la créature au Créateur
dans un équilibre indéfini.

— Veux-tu bien me dire où c'est que tu t'en vas de même? demanda le père, tout son corps dressé dans la porte d'entrée comme pour empêcher Abel de franchir l'extrémité du corridor.

— Je suis pressé, répondit Abel. Je n'ai pas le temps de répondre à tes questions.

— Ça tombe mal pour toi parce que moi, j'ai tout mon temps. Aussi, rapaille tes pleumats, vire de bord dans le corridor et amène-toi dans la cuisine. Depuis le temps qu'on doit faire caucus toi et moi, le moment de ça est venu, je crois bien. Allez, grouille!

Abel n'avait pas prévu que le père arriverait aussi tôt dans le matin. Le samedi, il passait habituellement tout droit devant la maison pour se rendre au logement de l'oncle Phil, rue Christophe-Colomb. L'oncle Phil travaillait au dépanneur qu'il y avait en bas de chez lui, de sept heures le matin jusqu'à la fermeture, sauf le samedi. Il passait la journée à boire, assis par terre, le dos appuyé à la montagne de caisses de bière vides qui faisaient office de cloison dans le logement qu'il partageait avec un cousin exilé tout comme lui des Trois-Pistoles. Comme la mère ne voulait pas que l'oncle Phil vienne à la maison, le père lui rendait visite, buvant quelques bières avec lui tout en essayant de le convaincre d'entrer chez les lacordaires. Pour tout le monde dans la maison, le samedi matin était donc presque une fête: on pouvait dormir jusqu'en fin d'avant-midi, ce qui était particulièrement apprécié par celui qu'on obligeait à coucher dans la cuisine sur une rudimentaire chaise pliante. Tous les soirs, il fallait sortir la chaise pliante d'une garde-robe, l'ouvrir entre le poêle électrique et la table, puis s'y étendre tout raboudiné pour essayer de dormir. Vous étiez le premier à vous faire réveiller le matin avant le retour du père de l'hôpital du Mont-Providence: après avoir passé la nuit à border ses hydrocéphales et ses oligophrènes, il n'aimait pas rentrer de son travail et avoir sous les yeux comme l'illustration même de cette misère sociale dont il était le premier responsable. On échappait à la servitude de la chaise pliante une fois seulement qu'on s'était trouvé un emploi. Comme on devait alors payer pension, on avait droit à la grande chambre commune, à ses trois couchettes de fer et aux cinq frères avec qui les partager. Malgré la promiscuité, c'était déjà mieux que d'être obligé de se métamorphoser en accordéon tous les soirs!

Abel aurait pu écarter son père de la porte d'entrée et descendre quatre à quatre l'escalier qui menait à la rue Monselet et à la liberté. Mais le ton belliqueux de son père ne lui donnait pas l'envie de fuir comme c'était toujours le cas quand ils se faisaient face. Le corps d'Abel se durcissait et tout ce qu'il avait retenu contre son père ne demandait plus qu'à sortir de lui, avec encore plus de violence que lorsqu'il passait la nuit à écrire sur le balcon derrière la maison. Aussi loin qu'Abel pouvait remonter dans ses souvenirs, il en avait toujours été ainsi entre son père et lui. Mais enfant, il se laissait sermonner sans rien dire, comme un petit bœuf boqué qu'on obligeait à s'asseoir bien droit sur la chaise rituelle du supplice, un vieux fauteuil de barbier dont on se servait aussi pour vous arracher une dent vous faisant mal.

— Assis-toi, dit le père. Tu le sais que je déteste me casser le cou pour te parler.
— Je ne resterai pas assez longtemps pour que ça en vaille la peine! rétorqua Abel.

Le père regarda la valise en carton brun qu'Abel tenait toujours à la main et ses petits yeux verts se portèrent vers la mère figée comme la statue de Loth devant la porte d'arche qui séparait la cuisine de la salle de jeux. On l'avait transformée en chambre-dortoir pour les cinq filles de la maison, ce que la mère n'aimait pas, à cause du vieux rideau qui fermait mal l'ouverture. Le matin, on courait toujours le risque que les garçons se lèvent les premiers et voient leurs sœurs que la nuit avait désabriées. Aussi la mère montait-elle le guet devant la porte d'arche, couvrant de son gros corps ce que le vieux rideau n'arrivait pas à cacher. Pour laisser son poste, elle attendait que les filles soient toutes habillées et rassemblées dans la cuisine. Ça faisait partie du nombre de ses manies, comme celle de rester assise sur sa chaise droite au bout du corridor, y attendant le soir que tous les enfants soient rentrés avant de mettre le loquet de sécurité dans la porte et d'aller se coucher.

— Reste pas là plantée comme une dinde! dit le père à la mère. Ce matin, personne est intéressé à regarder ce qui peut bien se passer de l'autre côté.

Et se tournant vers Abel alors que la mère se rendait au poêle électrique, il ajouta:

— Toi, vide ton sac maintenant, et d'autant plus qu'il s'agit d'une valise! Que c'est que tu brettes avec ça dans la main?

— Ça me paraît pourtant évident, répondit simplement Abel. Je m'en vais rester ailleurs.

La mère faillit en échapper l'œuf qu'elle tenait à la main et qu'elle s'apprêtait à faire cuire. Tout alarmée, elle dit:

— Mais ta pension? Comment on va faire pour arriver si tu ne payes plus de pension?

— Vous aurez qu'à sortir de la banque tout cet argent que j'ai gagné en remportant les concours d'écriture auxquels j'ai participé! Comme ça, vous ferez d'une pierre deux coups: vous continuerez à nourrir votre trâlée de morveux et vous comprendrez peut-être enfin que la littérature n'est pas seulement que de la follerie!

— Fou, c'est toi qui es en train de le devenir! C'est pas quelques petits prix littéraires obtenus dans une école secondaire qui font vivre son homme!

— Travailler dans une banque avec un salaire de crève-la-faim, c'est mieux, je suppose?

— T'avais appliqué à Radio-Canada comme rédacteur pour la publicité. En acceptant la job qu'on t'offrait, t'aurais en commençant gagné plus d'argent que moi! Et t'aurais pu prendre ta retraite à cinquante ans tandis que moi, je vais en avoir jusqu'à soixante-cinq ans à besogner comme un malade à l'hôpital du Mont-Providence.

— Quand on croit à des absurdités comme les miracles, je me demande bien pourquoi on devrait s'attendre à autre chose!

L'allusion à la guérison de ses ulcères à l'estomac par la bonne sœur de la salle Saint-Joseph de l'hôpital du Mont-Providence fit l'affaire du père: mal à l'aise toutes les fois qu'il s'agissait de parler de l'écriture, il retrouvait son quant-à-lui dès que la religion était mise en cause. Son rêve de missionnaire oblat re-faisait surface et tout devenait matière à évangé-lisation, particulièrement quand Abel était concerné. Alors les sermons s'emboîtaient les uns dans les autres et tout le martyrologe romain y passait, le père comme en transe et devenant aussi dérisoire que le géniteur des frères Karamazov quand il s'opposait à eux, tonitruant, chialant puis pleurant si on refusait de l'entendre. Avec son père, Abel avait vécu tant de fois la même scène! Et toutes les fois avec le même résultat: les deux finissaient par se retrouver l'un en face de l'autre au beau milieu de la cuisine, les poings dressés, prêts à se frapper dessus, emportés totalement par la hargne qui les possédait. Alors la mère s'interposait, disant au père pour le calmer:

— Charles, cesse donc de te monter de même pour rien! Abel a une tête de cochon, tu le sais bien!

Effondré, le père se laissait tomber sur sa chaise, faisant tressauter ses épaules, ses petits yeux verts pleins d'eau. Il jouait son personnage comme dans un film, passant facilement de la colère à l'apitoiement sur lui-même. Pourquoi l'aguissait-on avec autant de méchanceté alors qu'il ne s'était toujours que sacrifié pour sa famille, alors qu'il avait toujours su la loger, la nourrir et l'habiller en dépit des maladies et de la pauvreté que Dieu lui avait envoyées pour l'éprouver dans sa foi?

— Moi aussi, j'aurais voulu devenir un artiste, braillait le père. J'ai pilé sur mon orgueil et j'ai fait seulement ce que Dieu m'a commandé d'accomplir.
— Douze enfants plutôt que d'évangéliser en Afrique! La fornication plutôt que la sainteté! Ton Dieu doit être tout mélangé dans sa tête, c'est comme rien!

La chicane reprenait, les baguettes se remettaient à monter haut dans l'espace de la cuisine tandis que les couteaux se lançaient de plus en plus bas, comme ce matin. Même quand la mère s'interposa à nouveau entre les deux, Abel ne désarma pas: c'était la dernière fois qu'il avait son père devant lui et il entendait bien lui rappeler tout le mal que par sa lâcheté il lui avait fait. La mère en prendrait pour sa gratte aussi. Abel avait une mémoire prodigieuse et c'était ça surtout qui ne pardonnait pas quand il entrait en état de fâcherie contre sa famille: en deux phrases, le temps s'abolissait et tous les polichinelles sortaient des tiroirs du passé, revivant dans une sauvagerie telle qu'il n'y avait plus de recours contre eux sinon par l'exclusion. Combien de fois Abel avait-il dû se passer de repas, combien de fois s'était-il retrouvé embarré dans la chambre parce qu'il osait dire tout haut ce que ses frères et ses sœurs se contentaient de penser par-devers eux-mêmes, à cause de cette ridicule idée de famille dont le père et la mère s'étaient accaparés pour eux seuls, la faisant devenir n'importe quoi pour mieux justifier leurs manquements, leur incompétence et leur impuissance?

— Vous n'êtes jamais arrivés en ville et vous n'y arriverez jamais! clama Abel. Vous vivez encore comme des habitants qui ne sont jamais sortis de leur bout de rang! Le monde change mais vous vous obstinez à rester à la même place, enfoncés jusqu'aux oreilles dans un passé aussi vide de sens que les émissions de télévision que vous regardez! Depuis qu'on est à Montréal-Nord, vous n'êtes pas allés une seule fois à l'ouest de la rue Saint-Laurent! Tout ce que vous connaissez, c'est la rue Monselet, le boulevard Pie-IX, l'église Saint-Vital et l'hôpital du Mont-Providence! Vous êtes aliénés et vous voudriez que je sois comme vous! Vous voudriez que je fasse le petit chien qui se couche devant tout le monde parce qu'il a peur de son ombre et de l'ombre que font les autres! Mais moi, je ne suis pas comme vous, je ne suis pas venu au monde pour me contenter de faire seulement semblant d'exister! Je suis venu au monde pour rêver, je suis venu au monde pour dénoncer, je suis venu au monde pour connaître vraiment ce que le mot *passion* veut dire! J'aurais pu m'instruire mais vous avez tout fait pour que ça soit impossible! Quand j'aurais pu profiter du prêt d'honneur pour continuer mes études, vous avez refusé de vous en porter garants! Vous aimiez mieux que j'aille travailler dans une banque minable juste pour pouvoir empocher une pension de plus comme vous avez empoché l'argent que j'ai gagné grâce à ce que j'ai écrit! Des parents comme vous autres, ça ne mérite pas d'avoir des enfants! Quand on est stérile dans la tête, on devrait avoir le courage de l'être aussi dans son corps!

Une fois qu'Abel en eut fini avec tout ce que depuis toujours il avait retenu contre sa famille, le père catastrophé hurla à son tour:

— Je m'en veux de t'avoir donné la vie! Je m'en veux de t'avoir élevé du mieux qu'on pouvait, comme ça a été le cas pour chacun de tes frères et pour chacune de tes sœurs! Un mécréant de ton espèce est indigne de la famille qui t'a tout donné! Alors dis-toi bien que ce n'est pas toi qui l'abandonneras mais elle qui te renie! Et dis-toi aussi que la porte que tu vas franchir, personne ne la rouvrira plus jamais pour toi! Avant que ça arrive, il va falloir que toute la famille me passe sur le corps!

— Pour que tout soit consumé, il ne me manque plus que ta bénédiction d'oblat missionnaire! rétorqua Abel dérisoirement. Si je me jetais à genoux, est-ce que j'y aurais droit?

— Dehors! hurla encore le père. Et que Dieu te fasse ravaler même dans ton corps les paroles ignobles que t'as dites contre ta mère et contre moi! Dieu se venge toujours de ceux qui deviennent les suppôts de Satan! Il les rend infirmes, mendiants ou bien voit à les faire enfermer dans les asiles!

— Amen! dit Abel en reprenant la valise qu'il avait déposée par terre.

Puis, se tournant vers la mère qui pleurait, il ajouta:

— Au lieu de brailler, tu devrais te réjouir: tu n'auras plus jamais à te demander quoi faire pour ne pas toucher à cette maudite tête de cochon que je suis!

Puis sans un regard pour ses sœurs et ses frères que la dispute tonitruante avec le père avait fait sortir de la salle de jeux et de la chambre, Abel fonça vers la porte d'entrée. Il allait se jeter dans l'escalier quand la main de sa mère se posa sur son bras:

— Au moins, dis-moi où c'est que tu comptes aller rester maintenant!

— J'en sais encore rien, mentit Abel. Mais si j'arrive au bout du monde, je vous écrirai peut-être pour vous dire que Dieu et la famille n'ont jamais existé!

Il descendit l'escalier, content de se retrouver enfin dans la rue Monselet qui lui parut moins laide qu'à l'accoutumée. Comme toute la famille le regardait s'en aller de la fenêtre de la chambre des garçons et qu'Abel ne voulait pas qu'elle sache où il irait, il se dirigea vers la rue Saint-Vital. Il passa devant le magasin de fer d'Oscar Ravary puis devant la tabagie *Chez Nénette*. Il aurait bien voulu y entrer pour saluer la propriétaire qui, avant que le vieux monsieur Faustus n'installe sa librairie boulevard Pie-IX, lui faisait venir les ouvrages qu'il achetait par catalogue. Il lui en lisait parfois de longs passages et même si Nénette n'y comprenait rien, elle applaudissait quand même, emportée par la sonorité des phrases. Longtemps, sa tabagie avait été une véritable oasis pour Abel. Quand on l'empêchait de taper à la machine sur le balcon derrière la maison, il s'en allait chez Nénette. Elle débarrassait un bout de comptoir, lui apportait un tabouret et Abel se remettait à écrire, la vieille Underwood comme endiablée. Ça sentait la fraise à cause du chewing-gum que mâchait Nénette et ça sentait la sueur aussi. Des dessous d'aisselles pleins de poils noirs que Nénette aimait bien montrer, tout comme ses gros seins d'ailleurs. Elle ne portait que des robes à bretelles largement ouvertes par-devant, comme ces grosses femmes que Fellini mettait partout dans ses films.

Abel descendit la rue Saint-Vital jusqu'au boulevard Henri-Bourassa. Avant de se rendre chez Judith, il tenait à revoir le quartier qui lui avait tant fait détester son adolescence. Comme il était certain de ne plus jamais y remettre les pieds, il voulait que sa mémoire n'en oublie rien. Quelle médiocrité partout! Et quelle laideur dans toute cette médiocrité! Assis sur le balcon en haut de la pharmacie des frères Meloche, Conrad buvait de la bière comme il le faisait tous les jours depuis dix ans. Il avait une tumeur prodigieuse dans le cou, comme une deuxième tête qui se serait mise à pousser là, toute difforme et aveugle. Sur l'autre balcon, le Chien n'avait guère plus d'allure, gras comme un cochon, la peau zébrée de cicatrices et le crâne aussi dégarni qu'une boule de billard. Le Chien ne vendait plus de beignes depuis longtemps, à cause du diabète qui s'était attaqué à ses orteils. On les lui avait coupés l'un après l'autre et les jambes au complet y passeraient bientôt, la gangrène s'étant mise dedans. De toute façon, le Chien ne s'en rendait plus compte, déjà anéanti par l'opium qu'il n'arrêtait pas de fumer.

Bifurquant à la rue L'Archevêque, Abel traversa le boulevard Henri-Bourassa. En face de la maison du juge Blondeau, l'épicerie du bonhomme Jos Allaire avait fermé ses portes pour cause d'insalubrité. Après l'arrivée de sa famille à Montréal-Nord, Abel y avait travaillé les fins de semaine comme aide-livreur. C'était la fille du bonhomme Jos Allaire qui faisait le tri des bouteilles vides dans la cave. Maigre comme un bretzel et devenue fêlée du cerveau à la suite d'une maladie d'enfance, elle engrangeait dans ses petites culottes tout ce qui lui tombait dans la main. Sa prédilection allait aux bonbons à la guimauve. Quand elle en retirait un de ses petites culottes, c'était parfois maculé de sang comme un écœurant tampon d'ouate. Mais la fille du bonhomme Jos Allaire ne s'en rendait pas compte. Elle avalait safrement ses bonbons à la guimauve et en offrait même à Abel, toute souriante comme si elle lui faisait le don de ce qu'elle avait de plus précieux. C'était tellement dégoûtant qu'Abel avait donné sa démission et cherché du travail ailleurs. Il en avait trouvé aux Confitures Raymond à quelques pâtés de maisons plus loin. Dans la saison des fruits, la compagnie embauchait beaucoup de monde pour équeuter les fraises, nettoyer les framboises ou bien dénoyauter les pêches et les pruneaux. À Saint-Jean-de-Dieu, cette saison-là des fruits avait toujours été pour Abel comme la glorification même de l'été: à quatre pattes dans les herbes, le soleil pareil à une main chaude sur le corps, et tous ces fruits gorgés de jus qu'on mangeait à pleines poignées dès qu'était rempli ce vaisseau que la mère choisissait pour vous en fonction de votre talent de cueilleur. Abel était le plus rapide de la famille. Il finissait toujours avant ses frères et ses sœurs, négociant avec eux avant de les aider dans leur cueillette. Avec les quelques pièces de monnaie que la chose lui donnait, Abel s'achetait un coca-cola, un œuf dur et un gâteau Jœ Louis après la grand-messe à laquelle on assistait tous les dimanches dans la paroisse de Saint-Jean-de-Dieu.

Mais équeuter des fraises pour les Confitures Raymond n'avait absolument rien de bucolique. On entrait d'abord dans une ancienne caserne de pompiers tout humide, on devait se laver les mains puis aller s'asseoir à l'une des grandes tables en prenant le moins de place possible. Un surveillant vous offrait alors du chewing-gum qu'il fallait mâcher sans arrêt toute la journée. Comme ça, on était certain que personne ne mangeait les fruits à équeuter, nettoyer ou dénoyauter. Tout ce que Montréal-Nord pouvait compter d'handicapés, de vieillards édentés et d'enfants pauvres se retrouvait dans l'ancienne caserne de pompiers, véritable cour des miracles d'un prolétariat déclassé et aussi moisissant que ces fruits blets qui se vidaient sur vous de leur pourriture. Abel en sortait désespéré et se mettait à errer dans les rues de Montréal-Nord, écrasé par son vague à l'âme. Pourquoi les choses ne se passaient-elles pas comme dans ces films qu'on allait voir au cinéma *Régal* du boulevard Gouin? Pourquoi manquait-on toujours d'argent pour racheter la terre abandonnée de Saint-Jean-de-Dieu, la remplir de bêtes de toutes sortes et y vivre toujours comme emmitouflé dans un gros capot de chat sauvage, délivré de la haine, aussi bien celle qu'on cultivait contre le monde que celle qu'on fortifiait contre sa famille?

Abel pensa à la lâcheté de son père, il revit les cheveux lissés vers l'arrière de sa mère, il revit son gros corps dans le kimono bleu liséré de jaune qui la faisait ressembler au lutteur Buddy Rodgers, et il n'eut plus l'envie de rester plus longtemps dans le quartier tant détesté de son adolescence. Il avait besoin de rêver autrement, comme lorsqu'il avait fait la connaissance de Judith. Il avait besoin qu'on le touche et il avait besoin de toucher aussi. Des petits seins bruns, des fesses toutes rondes, un sexe bombé qui goûterait la fraise quand la langue le lécherait. Puis la bouche se mettrait à mordiller la chair rose et ça serait encore toute la beauté de la nuit qui viendrait inonder le corps et le féconder. *Naître enfin à la manière des phallus qui sortent des corps pour y entrer*, avait écrit Georges Bataille dans *L'Anus solaire*. Et ceci aussi: *Je désire être égorgé en violant la fille à qui j'aurai pu dire: tu es la nuit.*

Abel se laissa emporter par ce qu'il y avait de magique pour lui dans les phrases de Georges Bataille. Il était entré dans la taverne *Charleroi* et buvait de la bière, assis tout au fond pour mieux jouir de la pénombre. Avant d'arriver chez Judith, il lui fallait se remettre dans le même état désirant que lorsqu'il avait fait sa connaissance dans l'arrière-boutique du vieux monsieur Faustus. Sinon, sa dernière chicane avec le père ne cesserait pas de l'achaler et ça serait comme s'il n'avait pas vraiment quitté sa famille, ce qui ne pouvait être que sans rappel possible même pour ce qui s'y opposerait dans sa mémoire. Georges Bataille avait écrit encore: *Celui qui désire mais n'agit pas nourrit la pestilence.* En laissant la rue Monselet définitivement derrière lui, Abel ne faisait que mettre fin à cette pestilence qui l'avait toujours empêché de devenir écrivain. Maintenant, il se sentait labouré jusqu'au tréfonds de son être et il pouvait tirer de lui ce qu'il voulait, comme le Kafka du *Château.* Il se leva donc, empoigna la valise en carton brun, tout son corps comme déjà bandé et désireux de retrouver cette chapelle des abîmes et cette dalle où, pareille à la louve fondatrice de Rome, Judith, callipyge comme un soleil, devait l'attendre avec les jumeaux Remus et Romulus, ses fesses tournées vers la nuit.

S'arrêtant devant les grands cèdres de la rue Drapeau, Abel ne vit d'abord que les carcasses rouillées de moteurs entreposées dans la cour. Sous le soleil de plomb, l'odeur de la vieille huile avait comme ranci encore, empestant l'air comme de petites bombes nauséabondes. Abel se glissa entre les grands cèdres et entra dans la cour. C'est alors qu'il aperçut Judith qui était assise dans les marches, les mains ouvertes sur sa figure. Abel s'avança vers la galerie, puis demanda:

— Est-ce que tout va bien, Judith?

Elle enleva les mains de son visage tout barbouillé par le mascara qui avait coulé de ses yeux en même temps que ses larmes. Elle se redressa et dit:

— Mon père vient de mourir. Il était allongé dans le corridor, il m'a demandé de lui apporter une bière, il a voulu se relever mais il est retombé tout de suite, sa tête frappant le calorifère. J'ai vu le sang jaillir et je suis sortie. Je voulais juste me jeter dans tes bras.

Abel n'eut que le temps de les ouvrir, Judith bondissant de l'escalier vers lui. Il la serra fort contre son corps, maladroitement parce que l'accueil de Judith le prenait au dépourvu, le gênait à cause de son sexe déjà dressé et qui lui faisait mal. En tombant par terre, la valise en carton brun s'était défaite, les sangles pourries ayant lâché. Les feuilles du manuscrit d'Abel s'épaillèrent, poussées par le vent dans les flaques d'huile. Mais Abel ne le remarqua même pas: dans la même journée, tous les pères avaient déserté le monde, laissant leur place aux oncles jumeaux. Ce qu'ils étaient, on n'en savait encore rien. Il fallait d'abord passer le pas de la porte et entrer dans la maison. Derrière le miroir, l'écriture neuve veillait, comme une chatte sagace attirant dans ses étranges yeux violets ce qui même au fond de la mort n'est toujours que l'émergence triomphante de la vie.

Judith accrochée à lui, Abel se laissa aspirer par la chatte sagace, gardienne du miroir. La porte se referma et Montréal-Nord se désencra tout d'un coup, jetant son eau noire partout. Le tonnerre retentit comme un gong, puis la foudre s'abattit sur le plus grand des cèdres qu'il y avait dans la cour. Il se fendit en deux de haut en bas comme deux couettes de cheveux roussis, il se fendit en deux de haut en bas comme un prodigieux totem d'écriture, *en même temps colombe, serpent et cochon* comme l'avait écrit Nietzsche. Ce déluge, puis le silence, puis ce vertige qu'est le silence de la mort.

<u>7</u>

*Le nombre sept comporte
une anxiété par le fait
qu'il indique le passage
du connu à l'inconnu:
un cycle s'est accompli,
quel sera le suivant?*

Au-dessus du cercueil qui sentait les fleurs pourries, l'énorme truie grognait, tous ses gorets se retenant aux tétines enflées, leurs dents comme soudées à la chair. La neige montait d'en dessous du cercueil, le givrant et givrant aussi la truie et ses gorets. À côté d'Abel, le père regardait en se frappant les mains l'une dans l'autre à cause du froid qui faisait éclater les têtes des clous dans les planches de la soue. Le père dit:

— Les porcelets vont mourir gelés si on ne les apporte pas à la maison. On va avoir besoin de leur viande pour passer au travers de l'hiver. Mais tout seul, je n'y arriverai pas: il faut que tu m'aides.

— La truie va me manger tout rond si je m'approche d'elle, protesta Abel. Je ne veux pas finir dans son ventre.

— Fais seulement ce que je te dis et tout va bien se passer, tu vas voir.

Abel dut donc marcher vers la truie. Non seulement il avait peur d'elle mais le cercueil qu'il y avait sous elle le remplissait d'angoisse: s'il s'agrippait mal au dos de la truie, il risquait d'en tomber et de se retrouver pour toute l'éternité dans le cercueil, à moitié mort et à moitié gelé, sans compter que la truie voudrait prendre sa revanche sur lui, ouvrant grand la gueule pour lui arracher tous les morceaux de chair qu'elle pourrait. Mais le père n'arrêtant pas de crier après lui, Abel prit un élan et sauta sur la truie, refermant ses mains sur les longues oreilles. Ce fut comme s'il avait tiré la langue vers une poignée de porte de fer frimassée par le froid: ses mains restèrent prises sur les oreilles de la truie, tout comme ses fesses et ses jambes qui encerclaient le gros ventre.

— Ce n'est pas grave, disait le père. Tu vas dégeler de là avant le printemps.

Un à un, le père décrochait les neuf gorets des tétines de la truie et les mettait dans la caisse de bois. Ça ressemblait à des petites lampes toutes blanches, comme celles dont on se servait pour décorer le sapin de Noël. À chacun des gorets qui lui était enlevé, la truie grognait plus fort et cambrait les reins, tentant ainsi d'échapper au monde de la glace qui la recouvrait. Elle hurlerait bientôt aussi férocement que lorsqu'on faisait boucherie dans la Rallonge, les couteaux meurtriers entrant jusqu'aux manches dans les cous graisseux.

— Ne me laisse pas tout seul avec elle! protesta Abel lorsque le père prit la caisse de bois pleine des petits cochons gelés et s'en alla vers la porte de la soue. Je t'en prie: ne me laisse pas tout seul avec la truie!

Du seuil de la porte, le père le regarda, ses petits yeux verts brillant de malice. Il dit:

— Tu n'as jamais voulu te défaire de la maudite tête de cochon que t'as en haut des épaules. Alors,

débrouille-toi comme tu peux avec la truie, ta sem-
blable!

Dès que le père fut sorti, la truie banda son gros
corps pour se déprendre de l'état de glace qui l'avait
envahie. La soue devint brusquement pareille à un
miroir. Ça se fracassa d'un seul coup et s'émietta en
crissant comme une vitre enfoncée par un coup de
poing. Abel voulut descendre de la truie mais ses
jambes, ses fesses et ses mains ne lui appartenaient
plus, étaient comme cousues à la peau rugueuse de la
truie. En dessous d'eux, le cercueil était devenu une
bouche avec de longues dents cariées. Aux senteurs de
fleurs pourries, les pestilences de la défécation s'ajoutaient, comme si tous les hydrocéphales et les oligophrènes de l'hôpital du Mont-Providence avaient vidé
en même temps leurs intestins dans le cercueil. Abel
cria: «Je ne veux pas mourir!» alors que la truie et lui
basculaient dans le vide, aspirés par le cercueil. Ils
tombèrent dedans, c'était spongieux comme dans la
savane d'enfance d'Abel, plein de corps difformes et
disloqués. La truie grogna: «Tu ne seras jamais de
notre famille et pour qu'on le sache du levant au
ponant, je vais le marquer à jamais dans ton corps!»
La gueule de l'énorme truie s'ouvrit et les dents se
plantèrent dans l'épaule gauche d'Abel comme
autant de lacérants poignards.

Abel ouvrit les yeux. Il n'y avait plus de truie
gelée, plus de gorets se retenant à ses tétines enflées.
Mais la douleur dans l'épaule gauche persistait, tout
comme le cercueil reposant au milieu des fleurs et des
lampions à l'extrémité du salon funèbre. Abel s'était

endormi au beau milieu de la veillée au corps, tous ses membres engourdis par la monotonie des prières. Dans le cercueil, le père de Judith ressemblait à n'importe quoi, sa grosse tête indifférente enfouie dans le satin. Près de lui, la mère pleurait, la figure recouverte d'une voilette noire. Avant de partir de la maison, elle avait avalé tout un flacon de pilules que son amant, le gros pharmacien, lui avait apporté en même temps qu'un fiasque de gros gin. Elle tenait à peine sur ses jambes et c'est pourquoi le gros pharmacien ne la quittait pas d'une semelle: quand elle venait pour tomber, il lui entourait la taille de son bras mais en gardant toujours la main ouverte pour montrer les bagues qu'il avait à tous les doigts.

À cause de l'hystérie de la mère, Abel avait dû voir aux préparatifs des funérailles. On avait attendu jusqu'à la toute fin le retour du frère de Judith, on avait téléphoné partout où il aurait pu se rendre aux États-Unis mais sans succès: il était resté introuvable, de sorte qu'il avait fallu se débrouiller sans lui. Abel ne connaissait pas grand-chose au rituel des funérailles, il n'avait jamais vu la mort que de loin, dans les rêves ou dans les livres qu'il avait lus. Ça ne ressemblait pas au corps nu et souillé du père quand avec Judith il l'avait traîné du corridor jusqu'au lit, laissant derrière lui sur le plancher comme un gros anchet formé d'urine et d'excréments. Même mort, le sexe était dressé mais c'était froid comme un glaçon. Judith avait voulu qu'Abel le touche mais il avait refusé: il ne voulait plus avoir affaire aux pères, aussi bien les morts que les vivants. Il retraita donc jusqu'à la cuisine, attendant que Judith ressorte de la chambre pour convenir avec elle du déroulement des funérailles. Fatigué de l'attendre pour rien, Abel retraversa le corridor vers la chambre. Judith était couchée par-dessus le corps de son père, elle était toute nue elle aussi et pleurait. Abel lui prit le bras et dit:

— Il ne faut pas que tu restes là. Ça serait admettre qu'il n'y a pas d'irréalité dans le passé.

— Je voulais seulement en être certaine, dit Judith. J'avais peur qu'il ne soit pas vraiment mort. Tu comprends?

Elle se redressa, sortit du lit, essuya ses joues mouillées et recouvrit le corps de son père. Les pieds dépassaient du drap comme deux stalagmites tout crevassés, pleins de veines noirâtres. Les ongles des orteils étaient démesurément longs. On aurait dit des becs de rapaces noyés dans le sang de la mort. Judith se rhabilla, tout son corps pris de frissons. Quand Abel la toucha, il n'y avait plus de chaleur en elle. Son père lui avait tout pris comme dans l'absurde histoire de la momie racontée par Artaud: *Cette mort est beaucoup plus raffinée, cette mort multipliée de moi-même est dans une sorte de raréfaction de ma chair. L'intelligence n'a plus de sang. La seiche des cauchemars donne toute son encre.* Et malgré tout, cette brûlure du néant.

— Sortons d'ici, dit Abel. Sinon, il n'y aura plus de limites à l'épaisseur du froid.

Ils se retrouvèrent dans la cuisine. Abel se laissa tomber dans la berçante et attira Judith vers lui. Il devrait faire appel à toute la chaleur de son corps pour la réchauffer, il devrait puiser loin en lui s'il ne voulait pas que le rêve à peine commencé ne s'escamote déjà, rameutant la routine de la rue Monselet, sa famille stérile, son emploi déliquescent de commis de banque et ses velléités jamais satisfaites d'écriture. Abel savait déjà que ce qu'on aimait des autres, c'était ce qui vous confirmait dans ce que vous étiez, c'était ce qui agrandissait votre monde en l'obligeant à mieux se définir. Sans égoïsme, il n'y avait pas de naissance possible, le corps n'étant plus qu'une grande perdition d'énergie, désordonné et désorienté comme l'était maintenant celui de Judith. Le sentiment risquait d'en occuper presque dérisoirement tout le champ, *dans une parfaite indifférence de sens.*

— Je me sens déjà mieux, dit Judith. Je vais bientôt laisser toute la mort derrière moi.

La mère et les oncles jumeaux n'arrivèrent qu'avec la nuit. Les croque-morts avaient eu le temps de transporter le corps du père de la chambre à la maison funèbre où Judith et Abel avaient dû se rendre pour choisir le cercueil, les corbeilles de fleurs, les cartes mortuaires et le cimetière dans lequel les restes du père seraient enterrés. La mort n'était plus qu'un commerce parmi tant d'autres, elle devenait n'importe quoi, comme dans ces catalogues morbides que le croque-mort avait montrés à Abel et à Judith. Toute cette décomposition! Toute cette pourriture! Tous ces vers glauques déjà à l'œuvre dans le papier, dévorant les muscles, dévorant les nerfs, dévorant les os! On ne pouvait pas leur laisser toute la place, on devait leur faire savoir qu'ils n'occuperaient jamais la meilleure part de soi et qu'on pouvait les tenir à distance tant qu'on le voudrait. C'est dans le sou-terrain de la maison funèbre qu'Abel et Judith en firent la démonstration au croque-mort. Il y avait des cercueils partout, certains avec des mannequins dedans «pour que le client se rendre mieux compte jusqu'à quel point ils sont confortables», avait dit le croque-mort. Alors Abel et Judith tinrent à s'allonger dans chacun d'eux, refermant les couvercles sur eux, ce qui horrifia le croque-mort qui prétexta un coup de téléphone urgent à donner pour quitter le souterrain. Abel et Judith n'en devinrent que plus frénétiques et se retrouvèrent allongés l'un par-dessus l'autre dans l'énorme cercueil qu'il y avait tout au fond du sou-terrain, près de ce bac rempli de fleurs fanées et puantes, mélange d'eau croupissante et de terre noire, comme si de la chair se défaisait dedans par galettes extrêmement odoriférantes. À cause des coups de boutoir du sexe d'Abel dans celui de Judith, le cou-vercle du cercueil leur tomba dessus, ce qui ne fit que les exciter encore davantage. Quand le blanc-mange se mit à jaillir du sexe d'Abel, Judith dit:

— Je n'aurai plus jamais peur de la mort. Je vais toujours vivre contre, comme si elle n'était qu'une occasion encore plus grande de désir.

Mais la mère et les oncles jumeaux occupaient maintenant le centre de la cuisine. Ils empestaient l'alcool à plein nez, débarquant tout droit du *Café du Nord* où ils avaient été se soûler dès qu'ils avaient appris la nouvelle de la mort du père. C'est à peine s'ils virent Abel assis dans la berçante, Judith sur ses genoux. Ils parlaient tous les trois en même temps, mais il ne s'agissait que de bouts de phrases mal articulés, aussi inachevés que les gestes qu'ils faisaient. À tour de rôle, les oncles jumeaux prenaient la mère dans leurs bras puis, comme s'ils n'avaient pas su quoi faire avec, ils reculaient de deux pas en faisant de grands gestes désespérés. À force de les regarder, Abel finit par pouvoir les différencier l'un de l'autre. Le premier avait cette petite cicatrice qui coupait en deux son sourcil gauche. Abel apprendrait bientôt qu'on l'appelait le grand Bardo, ou bien le scieur de longue scie, à cause du métier qu'il avait pratiqué à Amqui dans sa jeunesse. C'était lui qui fendait le bois de cèdre pour en faire les bardeaux avec lesquels on lambrissait les bâtiments. Le deuxième avait été surnommé Caïus Picard. Caïus était une déformation du mot *Caïeu*, qui veut dire «petit chien» en latin; dans la langue d'Amqui, le petit chien devenait plutôt l'un de ces bourgeons secondaires qui se développent sur le côté du bulbe de certaines plantes. Comme Caïus Picard était né après le grand Bardo, cette partie-là de son surnom lui convenait très bien. Quant à Picard, il fallait remonter aux origines françaises de la famille. Dans les Hautes-Alpes, le picard est une sorte de clou, aussi long que pointu. Les frères jumeaux avaient grandi vite comme le chiendent, ce qui leur avait donné ces corps fabuleusement osseux, cette peau jaune et ces chevelures noires comme découpées dans du fil de fer. Ils avaient la barbe longue, les dents brisées et de toutes petites oreilles, à peine formées de chaque bord de la tête. Ça ressemblait aux évents de ces baleines photographiées par les reporters du *National Geographic*, ça avait quelque chose de sauvage, sinon d'obscène, comme toutes les bêtes que la mer avait repoussées, reptiles, batraciens et serpents, toutes démoniaques, toutes apeurantes, toutes belliqueuses. On ne pouvait pas se fier à de pareilles bêtes, on ne pouvait pas savoir ce qu'elles étaient, trop hybrides pour faire partie d'un seul monde. Parfois, c'était l'eau qui dominait en elles; et parfois, la terre prenait toute la place, ça se mettait à brûler et c'était sans même savoir pourquoi.

Abel aurait voulu avoir son calepin noir pour noter dedans les images qui lui étaient venues à regarder les oncles jumeaux. Mais même s'il l'avait eu, il n'aurait pas eu le temps de le sortir de la poche de son veston et d'y écrire un premier mot. Au centre de la cuisine, le ton avait changé entre la mère et les oncles jumeaux. C'était devenu brusquement inamical, sans doute à cause de ce fiasque de gros gin que le grand Bardo avait tiré de sous sa ceinture, décapuchonné et porté à sa bouche. La mère voulut le lui enlever mais le grand Bardo fit mine de le passer à Caïus Picard avant de le porter une nouvelle fois à sa bouche, ce qui fit fulminer la mère:

— T'es déjà assez soûl de même! hurla-t-elle. Si tu continues à boire, de quoi tu vas avoir l'air quand tu vas entrer au salon funèbre?
— Je vas avoir l'air d'un scieur de longue scie! Un scieur de longue scie, ça fait jamais honte au monde!
— Donne-moi le fiasque, ça presse!

— T'es juste ma sœur: je prends pas d'ordres de ma sœur!

Quand Caïus Picard voulut s'en mêler, les choses s'envenimèrent. Le grand Bardo le prit sous les bras, le leva de terre et le projeta sur la pile de caisses de bière qu'il y avait près de la porte. Il le fit avec tant de facilité qu'on aurait dit qu'il avait lancé une poupée de guenille dans les airs. Mais le corps osseux de Caïus Picard, loin de se défaire au milieu des caisses de bière renversées, se détendit comme un ressort. La tête rentrée dans les épaules, Caïus Picard fonça sur le grand Bardo, si rapidement que l'attaque ne pouvait être contrée. Les deux frères jumeaux roulèrent sur le plancher, se bourrant l'un l'autre de coups de poing dont un seul aurait suffi à assommer un bœuf. La mère tournait autour d'eux, gesticulait et chialait, ce que les deux frères jumeaux ne voyaient ni n'entendaient, totalement avalés par leur chicane. Quand le grand Bardo prit le dessus, il mit ses mains sur la gorge de Caïus Picard, enfonçant les doigts dans la chair et criant:

— T'en prendre à moi, l'aîné de la famille! T'en prendre à moi alors que tu n'aurais même pas dû venir au monde après moi! Ta maudite naissance, je vais te la rentrer dans le fond de la gorge! J'attends ce moment-là depuis assez longtemps que c'est impossible pour toi de passer maintenant à côté! Meurs, meurs donc, maudite face laite!

Abel n'avait pas bougé de sa chaise. Judith blottie contre lui, il regardait la scène, incapable de croire à sa réalité: peut-être était-on entré de force dans un mauvais film italien, avec des acteurs trop démunis pour se rendre compte qu'il ne s'agissait que d'un jeu et que personne ne leur demandait d'en mettre autant. Mais quand les yeux de Caïus Picard devinrent tout exorbités, Abel comprit qu'il s'était trompé, qu'il ne s'agissait pas d'un film et qu'il lui fallait faire quelque chose s'il ne voulait pas être forcé de retourner à la maison funèbre pour y choisir un autre cercueil. Il allait se lever de la berçante quand la mère s'empara de cette grosse bouteille de bière sur le comptoir et la fracassa sur la tête du grand Bardo. Dans un émiettement de verre, le long corps osseux s'écroula par-dessus celui de Caïus Picard et le sang se mit à couler, comme une petite fontaine sourdant de sous la masse noire des cheveux.

— Descends-le dans la cave! ordonna la mère à Caïus Picard qui s'était redressé et soufflait comme un cheval. Et embarre-le dans la chambre! Il ne manquerait plus qu'il vienne nous faire du grabuge quand on va tous se retrouver au salon funèbre!

Caïus Picard s'attela aux jambes de son frère jumeau, le tira jusqu'à la porte de la cuisine puis disparut derrière avec lui, laissant sur le plancher comme un petit ruisseau de sang, épais et presque noir.

— Je vais me préparer, dit la mère en tournant la tête vers Judith et Abel. Comme j'en ai pour un bon moment, ce n'est pas la peine de m'attendre ici. On se reverra chez Urgel Bourgie.

La mère n'arriva qu'en fin de soirée à la maison funèbre. Peu de monde était venu veiller au corps: quelques camarades de taverne, quelques débardeurs complices et la tante Henriette habillée comme un sapin de Noël, un vison tout époilé sur les épaules. Elle l'avait lavé à la machine et fait sécher dans le four du poêle électrique où il avait manqué passer au feu. La tante Henriette s'était assise dans le salon à côté d'Abel et n'avait pas cessé de parler, notamment du piano qu'elle venait de repeindre en rose pour faire comme la chanteuse Alys Robi qui en possédait un chez elle. Pour se débarrasser de la tante Henriette, Abel s'était mis à cogner des clous. Depuis l'enfance, c'était son arme préférée quand il en avait assez de la compagnie des autres: il fermait les yeux, ne pensait plus à rien, le vide se faisait en lui et il tombait dans un profond sommeil. La ruse lui avait parfois joué de mauvais tours comme cette fois où il s'était endormi en dansant avec une fille à l'aréna Paul-Sauvé! Mais le rêve venait si facilement dès qu'on tournait le dos au monde que de ne pas en profiter aurait été une véritable hérésie. Dans le rêve, les mots n'opposaient plus de résistance, ils s'ajoutaient simplement les uns aux autres, dans une luxuriance d'images neuves parce que dégagées de toute censure, de toute idée de responsabilité, de vraisemblance et de moralité. On vivait alors en état de rupture absolue, comme dans ce rêve que venait de faire Abel, avec l'énorme truie qui se tenait au-dessus du cercueil, tous ses gorets se retenant à ses tétines enflées, leurs dents comme soudées à la chair.

Remonté de son sommeil, Abel y repensait tout en se massant l'épaule gauche endolorie. Il n'aimait pas la douleur que ça lui faisait dans le bras, comme de petites aiguilles s'enfonçant sous la peau, loin dans les muscles et les nerfs. La sensation était désagréable, comme l'autre jour alors qu'il travaillait à la banque et que son épaule gauche s'était ankylosée au point qu'il n'était même plus capable de tenir son stylo entre les doigts. Il avait passé le reste de la journée assis derrière le guichet, le bras ballant le long de son corps, vaguement angoissé. Abel pensa à *Malone meurt*, à tout le soin que le personnage de Beckett mettait à interroger la moindre incongruité, aussi bien dans sa vie que dans celle des autres, il pensa à cette simple phrase: *Une petite ombre, en elle-même, sur le moment, ce n'est rien. On n'y pense plus, on continue, dans la clarté. Mais je connais l'ombre, elle s'accumule, se fait plus dense, puis soudain éclate et noie tout.* Et cette simple phrase, elle était comme un serpent lové dans les muscles et les nerfs de son épaule gauche. Par crainte que le serpent ne se déroule dans toute sa longueur, Abel chercha Judith des yeux. Elle avait été reconduire à la porte la tante Henriette et cela avait pris du temps, et cela était devenu très compliqué tout à coup, à cause de l'arrivée inattendue du grand Bardo bientôt suivi par Caïus Picard. Le grand Bardo était encore plus furieux qu'avant que la mère l'ait assommé avec une bouteille de bière. Il avait la tête recouverte d'un bandeau maculé de sang, il gesticulait et tempêtait, son long corps osseux occupant toute la porte du salon funèbre:

— Moi, me faire casser sur la tête une bouteille de bière par ma propre sœur! Moi, me faire embarrer dans la cave par mon propre frère, jumeau de surcroît! Et tout ça parce que j'ai de la peine à cause que mon beau-frère est mort! Et tout ça parce qu'on voulait m'interdire de venir ici pour lui rendre l'hommage qu'on doit aux morts! Mais je suis là maintenant et je plains ceux qui vont essayer de m'empêcher de me rendre jusqu'au cercueil de mon beau-frère!

— C'est d'accord, dit la mère en s'avançant vers le grand Bardo. Tu peux aller prier devant la tombe, mais en silence et sans t'en prendre à personne.

Elle avait dit ça pour son amant le gros pharmacien qui, en voyant surgir le grand Bardo dans le salon funèbre, était devenu aussi pâle que la couleur de sa chemise. Le grand Bardo le regarda et ce fut comme s'il avait lancé une flèche et que cette flèche-là avait frappé le gros pharmacien en plein front. Il fit deux pas par derrière, trébucha sur le prie-dieu devant le cercueil qu'il frappa lourdement de son corps. Le cercueil bascula et, pareil à une bouche, vomit le cadavre du père. De la ceinture à la plante des pieds, il était nu comme un ver, ce qui rendait encore plus monstrueux son sexe toujours dressé. Les croque-morts durent faire appel à la police qui demanda du renfort: quand il entrait en état de fâcherie, le grand Bardo ne se laissait pas facilement passer les menottes derrière le dos. Il était fort comme un cheval, rusé et traître comme ces nazis que le vieux monsieur Faustus prétendait avoir combattus.

— Je le savais qu'il y aurait du grabuge si tu venais ici ce soir! dit la mère au grand Bardo menotté que les policiers traînaient de force vers la sortie de la maison funèbre.

— T'avais qu'à demander à ton gros pharmacien de rester chez lui! Quand je pense! Avoir rendu mon beau-frère cocu comme personne de son vivant et oser venir veiller au corps, tout déguisé comme pour une noce! Ça mériterait juste d'être étripé comme un cochon!

Le grand Bardo en allé, la mère et le gros pharmacien ne tardèrent pas à déguerpir, laissant Abel et Judith seuls avec les croque-morts. Ils réinstallèrent le cadavre du père dans son cercueil puis le hissèrent sur le tréteau, redisposant autour de lui les gerbes de fleurs déjà fanées. Ils firent tout cela comme si de rien n'était, aussi calmes et cérémonieux que s'il s'agissait d'un rituel dont il fallait observer toutes les règles. Quand ils furent satisfaits de leur ouvrage, ils firent le signe de la croix puis le plus âgé, celui qui avait un nez d'aigle, dit à Judith et à Abel:

— Nous allons fermer maintenant. La soirée s'est suffisamment allongée comme ça.

— Je voudrais rester encore un moment. J'ai besoin de prier devant mon père, surtout après ce qui vient de se passer. Vous pouvez le comprendre?

— Nous pouvons, dit le plus âgé des croque-morts. Aussi nous vous laissons quinze minutes. Comme nous allons fermer les portes du salon, personne ne viendra vous déranger.

Les deux croque-morts sortirent. Abel renoua avec la douleur de son épaule endolorie et d'autres mots de *Malone meurt* lui revinrent en mémoire: *Haleter, couler, remonter, haleter, supposer, nier, affirmer, nier. C'est bon. J'ai laissé aller mes douleurs, mon impotence. Et enfin il m'a semblé, un instant, que j'allais recevoir une visite!* La phrase l'inquiéta encore davantage que celle qui s'était imposée à lui alors qu'assis dans l'un des fauteuils du salon funèbre le bras lui démangeait, mordillé par le serpent lové dedans. Il avait baissé les yeux vers sa main qui tressautait contre sa cuisse, de sorte qu'il ne vit pas Judith quand elle alla vers le prie-dieu. Il fallut qu'elle parle pour qu'il redresse la tête et constate que la nuit n'aurait pas encore de fin, parce que faite de tempêtes, parce que *faite d'innombrables halètements.* Judith avait pris place devant le prie-dieu, s'agrippant de ses mains dessus, avait écarté les jambes et, sa robe redressée sur les reins, elle montrait à Abel toute la blancheur de ses fesses rondes et toute la profondeur de la fleur de lotus qui battait comme un cœur au milieu, qui battait au rythme des mots que Judith haletait, absolument obscènes:

— Enfonce-moi! J'ai besoin que t'entres en moi jusqu'à ce que ton corps y disparaisse totalement! Enfonce-moi! Il faut que tu m'enfonces jusqu'à la vie! Il le faut! Maintenant! Il le faut!

8

*Le huit, médiation
entre le cercle et le carré,
est en rapport avec le monde
intermédiaire, infini, aux formes
innombrables.*

Les souterrains avaient toujours fasciné Abel, à cause de leur étrangeté, des fortes odeurs qui leur étaient propres: la terre n'y avait pas le même goût qu'ailleurs, elle goûtait l'essence des poutres pourries, elle goûtait l'eau salée, parfois vinaigrée, comme si les pierres en s'effritant avaient déversé leur sang dedans. Quand Abel avait faim de terre dans cette enfance où, pour se venger de ses frères, il faisait à quatre pattes le cochon, il aimait se retrouver dans la cave de la maison familiale, rue de l'Aréna aux Trois-Pistoles. Un petit ruisseau la traversait de part en part, comme un doigt jeté sous les fondations. On enfonçait dans le sol, on avait l'impression qu'une force très puissante vous tirait par les pieds vers les profondeurs du monde, peut-être jusqu'à la Chine que le père prétendait être juste en dessous de la maison. Il disait aussi que s'il n'avait pas perdu les plans de la maison qu'il avait fait construire, il aurait pu trouver la porte secrète donnant accès au tunnel en spirale qui, après des milliers de milles dans le ventre de la terre, aboutissait dans le palais même du roi des Chinois, qu'on appelait aussi le Fils du Ciel parce qu'il régnait sur un peuple aussi nombreux que ces gouttes d'eau tombant des nuages vers la terre.

Les histoires du père auraient dû terroriser Abel comme elles terrorisaient ses frères et ses sœurs. Ils ne voulaient jamais descendre dans la cave quand le père n'y allait pas avec eux. Mais Abel faisait tout pour s'y retrouver, comme envoûté par ce qu'il découvrait dans cette obscurité que venaient à peine tamiser les deux petites fenêtres qui se faisaient face d'un bord à l'autre de la cave. Il y avait un gros tas de charbon, apporté là par les Chinois qui n'en avaient pas besoin étant donné qu'ils vivaient près d'un soleil aussi jaune qu'eux. Il y avait une énorme caisse de bois, pleine de trésors: vieilles clés anglaises, petit soufflet de forge exhalant un air pourri quand on pesait dessus, canisses de moutarde sèche dont les effluves vous piquaient le nez, têtes cassées de poupées, images religieuses moisies, chaudrons de fer remplis de toiles d'araignée et couvercles rouillés de pots de confitures. Quand arrivait l'automne, la mère en faisait beaucoup. On les entreposait dans la cave, sur ces étagères qui occupaient tout un mur. Lorsque le soleil frappait dessus, les pots de confitures prenaient des couleurs miroitantes comme on ne devait en trouver qu'en Chine, gardienne des opales, des émeraudes, des rubis et de tout l'or qu'il y avait dans le monde ainsi que le prétendait la maîtresse d'école. Ça paraissait tout à fait crédible à Abel quand il pensait à cet empereur tout-puissant régnant sur le pays en sa qualité de Fils du Soleil, immortel tout comme lui.

Et puis, il y avait toutes ces bêtes étranges qu'on ne retrouvait jamais ailleurs que dans la cave: ces araignées grandes comme une main, ces cloportes qui pissaient un sang verdâtre et sucré quand on les écrasait entre ses doigts avant de les porter à sa bouche, ces gros anchets comme transparents, véritables lombrics issus des limbes chinoises, avec plein de petites pierres précieuses dans leurs longs intestins. Un rat vous passait parfois entre les jambes et s'arrêtait à quelques pas de vous, cherchant à savoir si vous apparteniez comme lui au monde des profondeurs. Quand on savait le rassurer, le rat devenait pareil à ce que vous étiez, il devenait un enfant cherchant l'abondance dans les images du rêve.

Abel redressa la tête, satisfait de ce qu'il venait de noter dans son petit calepin noir. Puis il regarda la pièce où il se trouvait. Après que les oncles jumeaux eurent fini de creuser la cave, ils l'avaient divisée en quatre au moyen de cloisons inégales: il y aurait une cuisine, deux chambres à coucher et ce petit salon où l'on pourrait regarder la télévision en buvant de la bière. La cuisine était restée en plan et servait plutôt de débarras pour les débris de toute espèce que les oncles y transportaient pour fabriquer leurs sculptures: souches d'arbres, bouts de fer, vieux meubles déglingués, prises de courant, restes de plafonniers et de lampes torchères, appareils de radio éventrés, boulons, vis, écrous et crampes, un invraisemblable cimetière de choses mortes, graisseuses et sales comme on en retrouvait tant dans ces marchés aux puces qui pullulaient dès qu'on sortait de Montréal. Comme les oncles avaient besoin d'un coin pour travailler à leurs absurdes créatures, ils avaient fait une croix sur la première chambre qu'ils devaient aménager. Ils avaient bourré l'entre-cloison de laine minérale, mis de vieux néons au plafond, bâti un établi et installé devant le soupirail un poêle à bois monté sur des briques parce qu'on lui avait cassé ses pattes. C'était là-dedans que les oncles besognaient en buvant de pleins siaux de bière dès qu'ils revenaient de leur ouvrage aux confins de Montréal-Nord. Ils gossaient, limaient, étêtaient des clous, éviscéraient des moteurs et coupaient des fils tant qu'ils ne se retrouvaient pas ivres morts. Alors ils rampaient jusqu'à cette autre pièce qui leur tenait lieu de chambre et tout mêlés l'un dans l'autre s'endormaient comme des totems barbares, leurs grands pieds osseux dépassant du lit.

La pièce où se retrouvait Abel était donc considérée comme le salon. Même si sa construction était moins inachevée que les autres parties du souterrain, elle n'en était que davantage extravagante: sur les murs lambrissés de bois de grange, toutes sortes de têtes de chevaux sculptées par les oncles étaient accrochées. Certaines hennissaient quand on pesait sur la poire qui communiquait avec le petit moteur caché sous le chanfrein, d'autres retroussaient leurs babines si on leur caressait le museau et les dernières clignaient de l'œil dès qu'on passait dans le faisceau lumineux qui en commandait la machinerie. Il y avait des têtes de chevaux de toutes les couleurs et l'ensemble de ça avait quelque chose d'hallucinant, surtout quand on faisait marcher tous les mécanismes en même temps. À Yamachiche, Abel avait déjà vu un bar laitier plein de têtes de vaches qui sortaient des murs, bougeant de droite à gauche puis de gauche à droite en meuglant comme des enragées, mais ces têtes-là de vaches lui paraissaient maintenant bien inoffensives quand il les comparait aux golems imaginés par les oncles.

Le reste de la pièce était en équipollence avec les têtes de chevaux. Ça ne manquait pas de goût: ça n'en avait tout simplement pas. Un pupitre dont on avait coupé les pattes, un ancien récamier transformé en lit, un fauteuil désembourré et un gros bidon de lait sur lequel une fougère perdait ses frondes, faute de lumière. S'il n'y avait pas eu ce plancher de madriers peint couleur sang de bœuf, Abel aurait pu croire que le souterrain de son enfance l'avait suivi jusqu'à la rue Drapeau, mais mille fois plus sauvage et exotique, comme dans le mythe de la caverne si magnifiquement décrit par Platon disant qu'à l'intérieur d'elle, *les hommes sont enchaînés depuis leur enfance par les jambes et par le cou, en sorte qu'ils restent à la même place, ne voient que ce qui est en avant d'eux, incapables d'autre part, en raison de la chaîne qui tient leur tête, de tourner celle-ci circulairement. Quant à la lumière, elle leur vient d'un feu qui brûle en arrière d'eux, vers le haut et loin.* Pour Abel, ces mots de Platon représentaient tout à fait l'esprit qui animait les oncles jumeaux: ils étaient enchaînés à leur passé, ils étaient enchaînés à toute la bière qu'ils buvaient, ils étaient enchaînés aux créatures difformes qu'ils créaient pour ne pas se noyer complètement dans l'énorme solitude qui les habitait. Abel en savait maintenant davantage sur eux. L'absence de la mère, repartie pour la Gaspésie avec le gros pharmacien qui lui demandait de choisir entre ses frères et lui, avait favorisé le rapprochement d'Abel et des oncles. Judith travaillant le soir, Abel passait toutes ses veillées avec eux. Il n'avait pas besoin de les interroger sur leur passé, les oncles y revenant toujours dès qu'ils avaient pris quelques bières et que la nostalgie s'emparait d'eux. Ils s'assoyaient alors devant le poêle à bois et il n'y avait plus moyen de les arrêter de parler avant les petites heures du matin.

Les oncles étaient nés dans les environs d'Amqui, au bout d'un rang qu'une rivière traversait, assez tumultueuse pour alimenter en électricité une scierie de bois de cèdre. Le grand Bardo aurait pu y faire toute sa vie car personne d'autre n'avait son habileté pour manier la longue scie, lui réparer une dent ou l'aiguiser. Mais le bois s'était mis à manquer et la scierie avait fermé ses portes, obligeant le grand Bardo à retourner sur la ferme familiale. Le père venait d'y mourir d'une péritonite mal soignée:

— Avec ma mère, c'était l'enfer. Avec ma femme, c'était l'enfer aussi. Je ne parle pas des travaux de la ferme que j'ai toujours détestés ni des animaux dont je n'ai jamais voulu m'occuper. Un homme, ce n'est pas fait pour soigner des poules ni traire des vaches. Je ne m'intéressais qu'aux chevaux, je passais mon temps à en faire des dessins. Dès que j'avais un couteau dans la main, c'était plus fort que moi, il fallait que je me mette à gosser, il fallait qu'un cheval sorte du bois où il était enfermé. Je devais le libérer de sa prison parce que j'étais venu au monde pour ça, pour le voir se mettre à courir, pour que sous lui la terre tremble, pour que sous ses sabots jaillissent des étincelles. J'en avais déjà délivré une quinzaine quand ma femme en a fait un tas dans la cour et les a brûlés comme s'ils avaient été les œuvres du démon. Fâché, je me suis soûlé et je n'ai pas cessé de le faire depuis.

Le grand Bardo avait d'abord vendu une vache, puis une autre, et une autre encore, juste pour payer ses beuveries. Quand les vaches manquèrent, il vendit les cochons, les moutons, les dindes et les poules. Puis les instruments aratoires disparurent, suivis par les meubles mêmes de la maison. Il ne restait plus que le cheval, bien réel celui-là. Quand le grand Bardo revenait de l'hôtel d'Amqui, il allait le chercher à l'écurie et l'emmenait jusqu'à la fenêtre de sa chambre. Le cheval passait toute la nuit là, immobile, la tête dans l'ouverture, à le regarder dormir.

— Une nuit, je suis rentré plus tard que d'habitude. J'ai cherché mon cheval partout mais sans le trouver. Je me suis endormi sur la galerie en me disant qu'il avait dû sortir de l'enclos pour aller brouter quelque part dans un champ ou bien pour s'accoupler à une jument en chaleur. Quand je me réveillerais, il serait de nouveau devant la fenêtre de ma chambre, la tête passée dedans pour mieux me regarder. Enfer et damnation! je ne pouvais pas encore savoir que ma femme l'avait tué d'un coup de carabine en plein cœur et qu'avec les enfants elle avait déguerpi de la maison pour venir à Montréal. J'ai bu tout ce qu'il restait de la maison, j'ai bu le fond de terre, puis je suis parti à mon tour parce qu'il fallait bien que je continue à me soûler, parce qu'il fallait bien que le monde des chevaux renaisse en moi.

Moins loquace que le grand Bardo, il fallait que Caïus Picard ait bu un grand nombre de bières avant que la parole ne s'ameute vraiment en lui. Mais une fois parti, il devenait intarissable lui aussi. Toute sa vie gaspillée tournait autour de Fleur-D'Ange, la maîtresse d'école qu'il avait aimée mais qui n'avait pas voulu de lui. Par dépit, Caïus Picard s'était enivré à la scierie où il pelletait les copeaux de bois qu'on réduisait ensuite en cendres dans le gigantesque brûleur qu'il y avait près de la rivière.

— Mais ce jour-là était un dimanche, de sorte qu'il n'y avait personne d'autre que moi à la scierie. J'étais tellement découragé de la vie que j'ai actionné la longue scie et que j'ai mis ma main dessus. Le pouce m'est parti d'un seul coup et je me suis retrouvé sous le canteur, pas mieux que mort.

Le grand Bardo l'avait toutefois sauvé grâce aux dons que sa qualité d'aîné et de jumeau lui avait valus: il était capable de voir à distance, il était capable d'arrêter le sang de couler seulement en pensant à la blessure, il était capable de guérir les maladies en imposant ses grandes mains osseuses sur les plaies. Parce qu'Abel se montrait sceptique, le grand Bardo précisa:

— Quand Caïus Picard a perdu son pouce, il y a eu toute cette démanche dans le mien comme s'il s'était séparé du reste de mon corps. J'ai fermé les yeux et j'ai couru dans ma tête vers lui. Je sentais le sang qui coulait de son pouce coupé, je voyais la mare que ça faisait sous le canteur dans la scierie. Avec mes mains, j'ai créé des milliers de petits anneaux, j'ai créé des milliers de petites roues porteuses de milliers de petites chaudières. Avec elles, je ramassais le sang répandu et je le remettais dans le pouce coupé pour que l'hémorragie s'arrête.

Tandis que le grand Bardo expliquait ainsi ses dons de guérisseur, Caïus Picard se frottait la main estropiée, Abel étonné de ne pas avoir remarqué avant que le bout du pouce manquait. Une phrase de Kafka lui revint en mémoire: *Jadis, je n'aspirais guère qu'avec une intuition sourde à produire quelque chose qui fût relié mot par mot à ma vie, quelque chose que j'eusse pu serrer contre ma poitrine et qui m'eût arraché de ma place.* Cette attitude de Kafka face à l'écriture et qu'Abel avait faite sienne ne représentait qu'une pitoyable erreur: ce n'était pas le moi qui importait jamais, ce n'était pas sa propre vie qui importait jamais quand on se mettait à noircir du papier, mais la puissance tellurique dont les autres étaient pourvus. On ne pouvait pas être arraché de sa place en serrant quoi que ce soit sur sa poitrine, il fallait sortir de son corps et s'allonger dans l'espace, il fallait faire comme le grand Bardo quand il arrêtait le sang, il fallait créer des milliers de petits anneaux lumineux, il fallait créer des milliers de petites roues porteuses de milliers de petites chaudières et ramasser dedans toute la pesanteur du monde et non pas seulement l'insignifiance de sa simple vie.

Ces moments-là passés avec le grand Bardo et Caïus Picard étaient très précieux pour Abel, il y apprenait pourquoi les romans qu'il avait écrits jusqu'alors ne pouvaient être que des échecs. Centré sur lui-même avec pour seules autres références les images venues de sa propre famille, il n'était pas un créateur mais un juge aussi dérisoire que celui qui présidait la cour municipale de Montréal-Nord: toutes les fois qu'Abel avait écrit sur sa famille, il n'avait fait qu'enlever l'un de ses souliers pour le remplir de bière et obliger les autres à boire dedans par pur désir de vengeance. On n'était pas au centre du monde, on se retrouvait ou bien au-dessus ou bien en dessous et la justice ne comptait pour rien dans la place que la société anarchique vous octroyait. Artaud avait écrit: *Il y a un point phosphoreux où toute la réalité se retrouve, mais changée, métamorphosée, un point de magique utilisation des choses. Je crois aux aérolithes mentaux, je crois à des cosmogonies individuelles.* Artaud aurait bien aimé les oncles jumeaux capables tout comme lui *de penser en arrière et d'invectiver leur pensée.* En réalité, ils n'y parvenaient qu'une fois ivres. Tout ce qu'ils avaient été jusqu'alors se retournait brutalement, mettant fin à la complicité, bouleversant le monde des images comme si toute la colère refoulée en eux se mettait à déborder de leurs corps, appelant le sang, la violence et le meurtre. Pour un rien, la chicane entre les oncles s'allumait et ça devenait un feu qui embrasait tout le souterrain dans une démence dont Abel n'avait encore qu'une idée bien inachevée. Il regardait les oncles se battre sans même penser à intervenir. La nuit en avait fait des rats, comme ceux qu'il y avait dans le souterrain d'enfance: on ne pouvait pas les apprivoiser avant qu'ils ne se soient blessés à mort. Alors ils avaient besoin de vous, ils avaient besoin que vous mettiez vos mains sur leurs corps, ils avaient besoin que vous arrêtiez leur sang de couler. Parfois, c'était le grand Bardo qui recevait un coup de masse sur le nez et qui tombait comme un pan de mur, tout émietté dans ses os, avec cette grande coulée de sang lui pissant du visage. Parfois, c'était Caïus Picard qui se retrouvait assommé, le front ouvert ou bien la mâchoire décrochée. Abel pansait le grand Bardo ou bien il pansait Caïus Picard, puis s'en allait dans sa chambre. Blottis l'un contre l'autre, les rats dormaient déjà comme s'il n'y avait pas eu de chicane entre eux. Ça se passait de la même façon dans le souterrain d'enfance d'Abel: les bêtes se mangeaient entre elles, puis chacune reprenait sa place, sans remords malgré les mutilations qu'elle avait provoquées.

Tout le reste de la nuit, Abel le passait à écrire devant la petite table. Les mots ne lui appartenaient plus en propre, ils étaient la représentation objective du monde, ils étaient *la cristallisation sourde et multiforme de la pensée de l'Univers, de tous les modes de la pensée.* Pour la première fois, il ne cherchait pas à savoir si ses phrases étaient mal formées, si les liens manquaient entre elles, si les mots dont il noircissait les pages étaient porteurs de sens ou bien totalement insignifiants. Le fleuve souterrain s'était mis à couler, bien loin de la maison familiale, dans le royaume des êtres imaginaires, celui des cyclopes, des sirènes, des chimères, des centaures, des dragons, des reptiles, des rats et des chevaux. Même la truie gelée dans les airs, avec les gorets se tenant à ses tétines enflées, ne l'angoissait plus: elle était, tout comme le reste, chargée d'énergie libérante. Même le sexe d'Abel s'en trouvait tout excité, se dressant sous la table comme pour chercher l'anus du soleil. Quand Judith rentrait de son

travail, elle ne pouvait pas résister à toute cette dé-
charge d'énergie, elle devait devenir aussi surréelle que
les mots jetés sur le papier par Abel. Elle se déshabillait
donc, rampait sous la table bancale, écartait les jambes
d'Abel, laissant sa bouche remonter jusqu'au sexe
qu'elle se mettait à lécher par petits coups de langue
puis à mordre sauvagement. De la porte entrouverte,
les oncles regardaient. Sur les murs, les têtes de
chevaux regardaient aussi, clignant de l'œil, secouant
leurs crinières et hennissant de jalousie. Abel faisait
tout pour que le blanc-mange dont son corps était
plein ne jaillisse pas. Après, il savait que le rêve ne
pourrait que se défaire, emporté comme son écriture
par ce mouvement trop tendu pour ne pas conduire
tout droit à la désintégration.

— Quelle importance? lui demandait Judith
quand Abel essayait de lui en parler. Il n'y a de vrai
que ce qui se passe dans l'émotion de l'instant. Après,
ce sera autre chose. Ce sera la même chose mais diffé-
remment.

Abel se remettait à écrire, il essayait de ne plus
penser à la mère de Judith qui reviendrait bientôt de
la Gaspésie, avec ou sans son gros pharmacien. Tout
dépendant de son choix, le souterrain de la rue
Drapeau pourrait bien devenir le lieu extrême du
roman en gestation, le triomphe des odeurs d'enfance, l'ouverture de ce tunnel menant à l'empire
chinois des Fils du Ciel, de l'autre bord du monde, là
où les sexes étaient jaunes, dodus et immortels comme
le soleil. Mais le souterrain pouvait aussi se méta-

morphoser en un ventre pourri capable de vomir Abel jusqu'aux confins de Montréal-Nord, là où les oncles jumeaux l'attendraient pour assouvir l'idée de meurtre qui les habitait depuis leur naissance.

— Quelle importance? lui dit encore Judith. Quelle importance puisque tu écris et que moi, je te lèche le sexe en attendant que tu me l'enfonces comme un épieu dans le corps!

— Puisque c'est ainsi, changeons la face du monde! dit Abel. Faisons comme Artaud dans *L'Enclume des forges: attisons le flux, la nausée, les lanières, les secrets, les convulsions et le Double-Cheval trempé dans la Lumière!* C'est ainsi que commence le feu! C'est ainsi que s'embrase l'Univers!

Il éjacula, tout le blanc-mange de son corps au bout de son stylo comme une prodigieuse phrase en mouvement, incendiaire.

9

Le neuf ouvre
la phase des transmutations.
Il exprime la fin d'un cycle,
l'achèvement d'une course,
la fermeture de la boucle.
Il annonce la mort
et il annonce la naissance.

près le souper, la mère demanda à tout le monde de passer au salon. Elle était revenue de la Gaspésie en fin d'après-midi, dans la Cadillac blanche du gros pharmacien. En attendant que les oncles rentrent de leur travail, elle avait commandé du poulet, des frites, de la salade et un énorme gâteau qu'elle avait mis au milieu de la table comme pour faire déjà savoir à tous que le repas serait déterminant pour l'avenir. La présence du gros pharmacien, tout endimanché et bagué à chaque doigt comme jamais, rendait encore plus intrigant l'espèce de cérémonial préparé par la mère. Assis au bout de la table, le gros pharmacien tirait sur son cigare, ses yeux sournois de porc cachés derrière d'épaisses lunettes noires. Il avait l'air étrangement au-dessus de ses affaires contrairement à ce qui s'était passé à la maison funèbre quand le grand Bardo avait voulu s'en prendre à lui.

Abel aurait préféré qu'on l'oublie dans le souterrain où il écrivait jour et nuit. C'était un monde si nouveau pour lui et si régénérateur qu'il ne voulait pas en sortir. Le roman des oncles jumeaux avait pris forme, leur vie décomposée se refaisait, aussi outrée que l'appétit charnel de Judith. C'était comme s'il ne pouvait pas y avoir de fin dans l'approfondissement du corps ni dans la jouissance qu'on pouvait tirer de lui dès qu'on donnait toute sa liberté à l'imagination.

Même se pisser dessus avait quelque chose de bien-veillant, de chaud et d'amoureux. Abel s'étonnait lui-même de s'enfoncer ainsi dans toutes ces perversions que Judith lui faisait découvrir avec tant d'ingéniosité qu'il n'avait plus qu'à se laisser faire. Il savait main-tenant que le poignard inventé par Julien Gracq n'avait pas été créé pour se planter froidement entre vos omoplates. On pouvait le laisser courir sur votre peau, on pouvait taillader la chair avec, ouvrir dans ses plis de petites blessures et boire le sang qui en sortait puisque la peur était désormais déshabitée de toute virtualité: une fois passé derrière le miroir, on ne pouvait plus se laisser circonvenir par la conscience et pas davantage par le remords. La conscience et le remords, Abel les avait laissés rue Monselet, dans sa famille. Rue Drapeau, il apprenait à naître autrement, il apprenait à sortir de ses ténèbres comme le cheval de la mythologie chthonienne, il apprenait l'art du surgissement, il apprenait à galoper des entrailles de la terre aux abysses de la mer, il apprenait que de fils de la nuit il devait devenir celui du ciel, comme il s'imaginait que les oncles jumeaux l'étaient mais sans s'en rendre compte, leur mémoire trop imparfaite, leur culture trop déficiente pour qu'ils puissent com-prendre le fond même de leur nature, *cette contra-diction non résolue, cette rupture dans l'indifférenciation collective, cet éclatement de la forme et du sens* comme Judith le lui avait appris en lui citant de longs pas-sages d'un livre sur le phénomène des jumeaux qu'elle s'était procuré à la librairie du vieux monsieur Faustus.

Mais Abel avait dû laisser son manuscrit sur la table bancale, il avait dû quitter le monde rugissant des centaures pour celui de la cuisine, du poulet, des frites, de la salade et de l'énorme gâteau qu'il y avait au milieu de la table. Le gros pharmacien ne parut pas voir Abel derrière ses épaisses lunettes noires et ne répondit pas à la main qu'il lui tendit. La mère de Judith ne fut guère plus démonstrative, se contentant de lui indiquer où s'asseoir. Abel la trouva encore plus belle que la première fois qu'il l'avait vue, elle comme une vamp du cinéma américain de l'après-guerre quand, pour fuir les carcasses de moteurs entreposées dans la cour, elle était montée dans la Cadillac du gros pharmacien, provoquant toute la rue Drapeau par l'extrême sensualité de son corps. Durant les trois jours passés à la maison funèbre, Abel avait eu trop de chats à fouetter pour prendre le temps de regarder vraiment la mère de Judith. Ses yeux étaient aussi jaunes que ceux de Judith étaient violets, et ils avaient la même propriété, celle de se vriller dans les vôtres comme pour obliger votre corps à sortir de lui, tout retourné et inoffensif.

— Est-ce que tu vas nous dire enfin pourquoi nous sommes là? demanda Judith à sa mère. Ça fait déjà une heure qu'on attend pour rien.

— Ce n'est pas ma faute si le grand Bardo et Caïus Picard sont en retard. Comme ça ne peut malheureusement pas commencer sans eux, faites comme moi: prenez votre mal en patience et buvez votre verre de vin.

Comme elle s'était adressée à Judith autant qu'à Abel, celui-ci protesta:

— J'aimerais mieux m'en retourner dans le souterrain. Je ne me sens pas à ma place ici.

— Depuis la mort de son père, vous avez accompagné ma fille. Vous vivez aussi avec nous. Vous faites donc partie de la famille comme tout le monde.

Abel grimaça à cause du mot *famille* dont la seule mention l'écœurait. S'il avait quitté la sienne, ce n'était pas pour en intégrer une autre. Il aurait voulu le dire à la mère de Judith mais l'arrivée des oncles ne lui en laissa pas le temps. Ils n'eurent pas à expliquer leur retard, les grosses bières qu'ils tenaient à la main parlaient par elles-mêmes. Ils avaient vu la Cadillac parquée dans la cour, ils avaient compris que la soirée risquait d'être explosive et qu'à jeun il n'y aurait pour eux aucun moyen de passer au travers. La vue du gros pharmacien assis et fumant le cigare ne pouvait que les confirmer dans leur appréhension, tout comme la table dressée pareille à celle d'une noce.

— Ce n'est pas une façon de revenir de la Gaspésie, commença le grand Bardo en allongeant son bras osseux vers le gros pharmacien. Avant d'emmener ce porc-là ici, t'aurais au moins dû attendre que les os du beau-frère ne lui fassent plus mal. Caïus Picard et moi, on va d'abord le sortir de la cuisine cul par-dessus tête, ce gros porc qui n'a pas d'affaire ici. Après, on pourra commencer notre caucus en paix.

— Toi et Caïus Picard, vous ne ferez rien de ça. Vous allez simplement vous asseoir et partager calmement comme nous le repas que j'ai fait venir du restaurant. Nous aurions dû le faire tout de suite après les funérailles comme c'est dans l'usage mais ta crise à la maison funèbre a tout empêché.

— J'avais raison dans ma colère! protesta encore le grand Bardo. Quand on est injurié, on a toujours raison de le faire savoir aux autres!

Et se tournant vers le gros pharmacien, le grand Bardo ajouta:

— Ça serait mieux que tu t'en ailles par toi-même. Sinon, c'est pas pour rien que tu vas avoir peur cette fois-ci!

Le gros pharmacien avait mis la main dans la poche de son veston. Il avait l'air toujours aussi au-dessus de ses affaires qu'à son arrivée, sauf qu'il souriait maintenant derrière ses épaisses lunettes noires. Il dit:

— On ne me prend pas deux fois par surprise. Là-dessus, je suis loin de ressembler à un porc. Je serais plutôt comme le chat qui retombe sur ses pattes.

— C'est ce qu'on va voir!

Le grand Bardo allait bondir vers le gros pharmacien mais s'arrêta tout net dans son élan quand il vit la main baguée sortir de la poche du veston. Elle tenait un revolver. On n'en voyait que le bout du canon et l'extrémité de la crosse tellement la main

était épaisse mais c'était si inattendu que tout le
monde écarquilla les yeux, sauf la mère qui se mit à
sourire derrière la table. Son revolver braqué vers le
grand Bardo, le gros pharmacien dit:

— Je n'ai jamais aimé le trouble et je n'en fais
jamais de mon propre chef. Je déteste la violence et
ceux qui sont incapables de la contrôler. C'est un
manque grave d'éducation surtout lorsqu'on est
convié à un important repas familial. La bienséance
n'est pas seulement un devoir mais une nécessité.
Quand je suis là, je n'aime pas qu'on y déroge. Ça me
rend extrêmement malcommode surtout quand je
mange.

Tout le monde se retrouva donc assis autour de la
table. Les frites et le poulet étaient déjà froids mais
personne n'en parla. Le gros pharmacien avait mis le
revolver sur la table mais gardait la main dessus, ce
qui ne l'empêchait pas de manger safrement. Plus un
mot ne fut dit durant le repas. Lorsque Abel regardait
Judith, elle clignait de l'œil vers lui, tout son corps
comme pris par ce fou rire qu'elle retenait presque
malgré elle. On aurait dit que tout le monde jouait un
jeu mais sans savoir vraiment en quoi il consistait,
sauf peut-être la mère et le gros pharmacien qui
avaient dû l'apprendre par cœur. Abel aurait aimé en
savoir davantage sur le gros pharmacien. Il était bâti
comme un taureau sicilien et son cou était si large
que les épaules paraissaient s'y fondre jusqu'à son
imposante tête, ronde comme une boule de billard.
Un homme pareil ne pouvait pas être un simple

pharmacien: c'était habillé trop cher, ça portait trop de bagues aux doigts et ça possédait un revolver meurtrier comme ces trafiquants de drogues dans les films italiens que présentait le cinéma *Régal* sur le boulevard Gouin. Le gros pharmacien était-il l'un d'eux? Était-il le roi secret de tous les pégreux de Montréal-Nord qui contrôlaient l'hôtel de ville, le commerce des viandes avariées, la construction des ponts et des viaducs, l'asphaltage des rues, la rénovation domiciliaire, les maisons de jeux et de paris clandestins, les bars, les grills et les cabarets, tous soumis au racket de la protection?

— Nous allons maintenant passer au salon, dit la mère. Vous reviendrez manger du gâteau après si vous voulez.

— Pourquoi tant de simagrées? demanda le grand Bardo. Ce que t'as à nous dire, on serait aussi bien ici pour l'entendre.

— J'en ai décidé autrement. C'est mon droit et je m'en sers.

Le grand Bardo aurait bien voulu protester davantage mais le gros pharmacien s'était levé après avoir pris le revolver sur la table. Autant il avait paru lâche et peureux quand le grand Bardo s'était jeté sur lui dans la maison funèbre, autant il semblait sûr de ses moyens depuis qu'il tenait le revolver dans sa main. Abel ne put s'empêcher de penser encore à Artaud. Le canon du revolver braqué sur le grand Bardo lui rappela cette phrase: *à travers les fentes d'une réalité invivable, parle un monde volontairement sibyllin,*

151

aussi mystérieux que ces têtes de chevaux sortant des murs du souterrain, monstres énigmatiques parce que impossibles à définir.

Les oncles s'assirent l'un à côté de l'autre sur le sofa, laissant les deux chaises droites à Judith et Abel. Le gros pharmacien prit le fauteuil qui faisait face au sofa. Debout derrière, la mère tapotait l'épaule du gros pharmacien. Elle dit:

— Il faut d'abord que nous comprenions tous que Jean-Maurice est mort. Ça signifie aussi que notre vie doit changer. Ce que j'entends faire de la mienne, je n'ai pas à vous en parler très longuement. Sam m'a demandé de l'épouser, ce que je ferai à la fin de mon deuil.

— Aussi bien avouer qu'il est déjà terminé! maugréa le grand Bardo.

— Cette partie-là des choses ne regarde que ma seule personne.

— Caïus Picard et moi, on est tes frères pour le cas que tu l'aurais oublié!

— Vous êtes venus vous installer à la maison parce que Jean-Maurice vous l'a permis. Quand c'est arrivé, il ne m'a pas demandé mon avis là-dessus. Sinon, j'aurais été contre. Vous êtes tous les deux ivrognes, irresponsables, violents et vicieux. Tant que Jean-Maurice vivait, je faisais semblant de ne pas le voir. Maintenant, c'est autre chose. Maintenant, vous n'avez plus qu'à reprendre vos cliques et vos claques et qu'à vous en aller. Je ne veux plus de vous autres ici. Vous n'aviez qu'à ne pas insulter Sam au salon funèbre.

— J'y suis pour rien! protesta Caïus Picard.

— Tu devais surveiller le grand Bardo pour qu'il ne sorte pas de sa chambre tant que les funérailles ne seraient pas terminées. Tu ne l'as pas embarré dans la cave comme je te l'avais demandé. Tu es donc aussi responsable que lui pour l'injure que Sam a subie. De toute façon, vous êtes comme les doigts de la même main, aussi menteurs et aussi fourbes l'un que l'autre. Vous étiez déjà comme ça quand on vivait ensemble à Amqui. Vous martyrisiez les animaux et vous faisiez sur eux toutes sortes de choses malpropres. Avec le monde, vous n'aviez pas plus d'allure, on vous surprenait à tout moment en train de violenter quelqu'un. Même moi, vous m'avez salopée. Et si je ne m'étais pas montrée aussi vigilante, vous auriez tenté d'en faire autant avec ma propre fille. Vous avez qu'à regarder la porte de sa chambre, toute cochonnée par les coups de pied que vous avez donnés dedans. Si la porte avait été moins solide, je n'ai pas de peine à imaginer ce qui aurait pu se passer. Heureusement que Sam m'a ouvert les yeux avant!

Abel fut étonné de la réaction des oncles. Affaissés sur le sofa, ils avaient l'air de deux petits garçons qu'on venait de prendre en faute pour la première fois. S'ils ne protestaient plus, c'était donc que la mère avait raison contre eux, qu'ils s'étaient comportés comme des bêtes, peut-être même avec Judith. Pour une fois, ce fut Abel qui vrilla ses yeux dans les siens: Judith lui avait-elle menti en lui racontant tous les sévices qu'elle prétendait que son père lui avait fait subir, promenant son sexe sur elle, l'obligeant à le prendre dans sa bouche, puis forçant l'ouverture des petites lèvres, et forçant aussi l'ouverture de l'anus, mutilant et blessant le corps jusqu'au sang? Plutôt que le père, n'étaient-ce pas les oncles qui étaient responsables de tout le mal enduré depuis l'enfance par Judith? Les yeux violets de Judith ne disaient rien, ils étaient comme un miroir vous renvoyant à vos propres yeux, à ce qu'il y avait d'équivoque et d'incertain dedans.

— Vous partez dès ce soir! reprit la mère à l'intention du grand Bardo et de Caïus Picard. Je ne veux plus vous voir dans la maison après l'heure que je vous laisse pour que vous rapailliez vos affaires et disparaissiez avec ! Sinon, vous aurez affaire à Sam et je ne vous le souhaite pas!

Le grand Bardo et Caïus Picard s'étaient levés, leurs corps osseux à nouveau tendus comme des ressorts. Mais ils ne regardaient ni la mère ni le gros pharmacien, ils n'avaient d'yeux que pour Judith, on aurait dit des ventouses exorbitées, des ventouses assassines avalant l'espace. Avançant son long bras vers Judith, le grand Bardo dit:

— Tu nous as trahis, Caïus Picard et moi! C'est toi qui es au fond de la décision de notre sœur, pas elle! Mais pourquoi cette trahison? Nous n'avons jamais cherché autre chose qu'à te protéger, nous avons fait un cercle autour de toi pour que personne n'y entre et ne te fasse du mal! Tu mériterais qu'on te punisse, Caïus Picard et moi!

Judith riait, on ne pouvait pas savoir si c'était par nervosité ou par provocation. Quand le grand Bardo vint pour s'approcher d'elle, le gros pharmacien s'interposa, tout menaçant à cause du revolver qu'il tenait à bout de bras:

— Ne t'avise plus jamais de faire peur à Judith, dit-il. Ni dans cette maison ni ailleurs. Ne rôde pas non plus dans les parages car un troisième œil pourrait bien te venir au milieu du front et ça n'aurait rien d'avantageux pour toi.

— Caïus Picard et moi, nous trouverons bien à nous venger quand même!

— Alors, ça serait bien tant pis pour vous deux!

Les oncles jumeaux sortirent, mais comme des chevaux déchaînés, en fonçant tête baissée dans la porte entrouverte. Tout s'était passé si vite qu'Abel n'était pas certain d'avoir bien vu et bien entendu. Peut-être avait-il trop écrit depuis quelques jours, peut-être les oncles jumeaux lui avaient-ils raconté trop d'histoires, peut-être même était-ce Judith qui, pour mieux le séduire, l'avait ensorcelé, comme les sirènes avaient fait pour Ulysse. Ces monstres venus de la mer, qui avaient tête et poitrine de femme, le reste de leurs corps épousant celui de l'oiseau ou celui du poisson, entités magiques mais noires et semant les embûches naissant des désirs et des passions, créatures ameutant l'inconscient, le faisant devenir rêve maléfique puis, pareilles aux vampires, le dévorant dans la perversion de l'imagination. Quand Abel avait fait la connaissance de Judith dans l'arrière-boutique du vieux monsieur Faustus, peut-être n'avait-il pas vu qu'elle était une émanation des profondeurs, en cela mille fois plus redoutable, mille fois plus insidieuse que la réalité même, mille fois plus démoniaque que tous les esprits mauvais rassemblés dans le ventre infernal du monde.

Pour mieux penser à ce qui s'était passé dans le salon, Abel avait fermé les yeux. Quand il les rouvrit, Judith n'était plus sur la chaise droite à côté de lui. La mère et le gros pharmacien étaient seuls à lui tenir compagnie. Le gros pharmacien avait dissimulé son revolver dans la poche intérieure de son veston et tapotait dessus comme s'il avait voulu l'aplatir contre sa poitrine.

— Où est Judith? demanda Abel.
— Elle est partie travailler. Vous dormiez et elle n'a pas cru bon de vous réveiller.
— Je ne dormais pas! protesta Abel.
— Vous rêviez peut-être, ce qui revient au même.

Abel mit la main sur son épaule gauche. Elle était aussi endolorie que lorsqu'il s'était endormi dans la maison funèbre pour échapper à la tante Henriette. Entre ses omoplates, le poignard s'était encore enfoncé, produisant cette douleur lancinante qui voyageait dans tout son corps, comme par vagues électriques, pinçant les muscles et les nerfs.

— Je suis fatigué, dit-il. Je vais descendre dans le souterrain pour me reposer. J'ai l'impression de ne plus savoir où j'en suis.

Il vint pour se lever mais la main baguée du gros pharmacien se posa sur son épaule, le forçant à rester assis.

— Nous allons vous expliquer, dit la bouche qui puait le cigare mâchouillé. Après, les choses vous apparaîtront aussi claires que de l'eau de source. Toutes les choses nous apparaissent aussi claires que de l'eau de source dès qu'on les regarde en face. Ne le croyez-vous pas vous aussi?

10

*Dans le nombre dix
se trouvent la source
et la racine de l'éternelle Nature.
Tout dérive d'elle.*

Lâché dans le ventre de la ville, l'autobus roulait par à-coups à cause du flux anarchique des voitures et des feux de circulation traumatisés par les travaux qu'on exécutait sur le boulevard Pie-IX, des confins de Montréal-Nord jusqu'à la rue Jarry. On élargissait et on repavait le boulevard Pie-IX qui était devenu l'une des artères principales de Montréal depuis la reconstruction du pont qui, enjambant la rivière des Prairies, menait tout droit dans Saint-Vincent-de-Paul, banlieue que les spéculateurs avaient prise en mains pour mieux la vider de son bétail, pour mieux recouvrir ses belles terres agricoles d'affreux bungalows, tous pareils, comme des cages à lapins jetées les unes à côté des autres.

Abel cognait des clous comme toutes les fois qu'il prenait l'autobus. Il faut dire qu'il venait de passer une autre nuit sans dormir et que cette nuit-là avait été encore plus extravagante que celles qui l'avaient précédée. Comme Abel avait besoin de penser, il bâilla à s'en décrocher les mâchoires, puis se mit à mâcher de la gomme. Assis tout au fond de l'autobus, il regardait par la vitre l'éventrement du boulevard Pie-IX et les nuages de poussière qui s'élevaient dans le ciel. Malgré tout, il était content d'avoir quitté le souterrain de la rue Drapeau, comme si une éternité s'était déjà passée depuis le moment où Judith l'y avait hébergé, dans cette pièce pleine de têtes de chevaux sortant des murs.

Abel pensa: «Il faut que je comprenne. Tantôt, je serai déjà rendu dans la rue Sherbrooke, puis ce sera la rue Papineau. Quand l'autobus me vomira devant le centre de l'Immaculée-Conception, ce sera trop tard, je vivrai la même chose que l'arpenteur dans *Le Château*, je me serai avancé trop loin sans savoir pourquoi et le véritable enfer commencera pour moi.»

Il se revit donc dans le salon de la rue Drapeau, assis devant la mère de Judith et le gros pharmacien qui, malgré la nuit tombée, protégeait toujours ses yeux de porc derrière les épaisses lunettes noires. Mais c'était d'abord la mère qui avait parlé, racontant d'une voix si rugueuse qu'elle semblait provenir de l'une des hallucinantes têtes de chevaux créées par les oncles jumeaux:

— Judith a dû vous dire que je ne m'étais jamais occupée d'elle et c'est sans doute vrai. Je n'en suis toutefois pas tout à fait responsable. Même petite, Judith ne voulait jamais que je la prenne dans mes bras, elle détestait que je l'embrasse, elle ne m'aimait pas. Elle a donc poussé comme de la mauvaise herbe, presque toujours seule avec son père qui lui a appris à penser tout de travers. Judith s'entête à ne pas voir les choses telles qu'elles nous apparaissent à nous, simples, logiques et indubitables. Elle ne se fie qu'à son imagination, elle invente des histoires et essaie de nous persuader qu'elles sont vraies. Vous devez savoir ce que c'est, étant donné que vous écrivez vous-même.

— J'ai commencé bien des choses mais je n'en ai pas encore terminé une seule.

— À votre âge, croyez-vous que je me trouvais plus avancée? Je venais de partir d'Amqui, j'avais dix dollars dans le sac brun qui me servait de valise, j'étais niaiseuse et je pensais que Montréal me sauterait dessus et m'écraserait à mort. À la gare Windsor, j'ai lu dans les petites annonces que le sénateur Casgrain cherchait une bonne. Je me suis présentée chez lui, il m'a embauchée et j'ai appris à servir aux tables mieux que n'importe quelle domestique de Westmount. Ça m'a donné l'idée de m'acheter un restaurant en plein milieu de la guerre. Je ne pouvais pas compter sur Jean-Maurice, il ne travaillait qu'une semaine sur deux au port de Montréal, à cause de son cœur malade et de toute cette bière qu'il buvait. Mais même quand j'ai eu le cancer à l'âge de trente ans, je ne me suis pas découragée, je me suis laissé brûler le bas-ventre au cobalt. On pouvait bien me faire devenir cul-de-jatte si on voulait mais jamais je n'abdiquerais.

Abel ne voyait pas le rapport entre ce que lui racontait la mère et ce que Judith avait dû vivre dans la maison de la rue Drapeau. Quand il en passa la remarque, la mère hocha la tête, regarda le gros pharmacien comme figé dans sa graisse sur le fauteuil. Elle semblait lui demander s'il valait la peine pour elle de continuer à parler. D'un signe de tête, le gros pharmacien montra son assentiment, puis se remit à fumer le cigare qu'il tenait entre ses dents serrées. La mère se dérhuma et reprit son discours là où elle l'avait laissé. C'est ainsi qu'Abel apprit qu'à l'âge de sept ans, Judith avait failli être emportée par la méningite. Elle n'avait jamais vraiment guéri, tout son corps mêlé à cause de sa tête atteinte, tout son corps comme fragmenté, chaque partie se comportant comme si elle constituait un ensemble. La mère ajouta:

— C'est à cause de sa méningite que Judith ne fait que rêver tout le temps. Quand elle lit, les mots deviennent une autre partie de son corps, ils deviennent comme une excroissance et parfois, ils emportent tout parce que sa tête ne peut pas faire la différence entre ce qui s'imagine et ce qui se vit simplement dans le quotidien des choses. Judith a dû vous montrer sa chambre, je suppose?

— Cette chambre-là est-elle réelle?

— Je vous ai déjà dit que cela n'avait aucune importance pour Judith. Vous avez vu la chapelle des abîmes de Julien Gracq. Le mois passé, vous seriez entré dans le château de Kafka. Avant, vous y auriez trouvé une bicyclette toute déglinguée et une énorme poubelle comme dans les livres de Samuel Beckett. Et demain, ce sera peut-être les catacombes de l'église Notre-Dame-de-Paris comme dans le roman de Victor Hugo. Judith ne se perçoit pas en tant que personne mais comme héroïne. Voilà pourquoi elle a besoin de vous, voilà pourquoi elle a besoin de lire ce que vous écrivez sur elle. Quand elle sera rassasiée, nous pourrons tout le monde passer à autre chose puisque vous aurez guéri Judith.

Dans l'épaule d'Abel, la douleur se faisait mille fois plus lancinante, s'attaquait aux nerfs du cou et montait jusqu'à la tête. Un gong y retentissait, de plus en plus sonore et de plus en plus rapide. Les paroles de la mère n'y arrivaient plus qu'inaudibles, comme ces voix d'opéra se détraquant quand l'aiguille du pick-up se brise et éraille les sillons du disque. Abel avait envie de vomir. Même la mère et le gros pharmacien, il ne les voyait plus qu'à travers le prisme déformant de ses yeux. Ils louvoyaient comme des serpents, ils se mêlaient l'un à l'autre comme des jumeaux désireux de retrouver l'unicité de leur corps, ils sifflaient puis hennissaient, leurs têtes devenues celles de ces chevaux déments sortant des murs du souterrain.

— Je suis très fatigué, dit Abel. Je ne me sens vraiment pas bien du tout.

Le gros pharmacien allongea le bras, plaquant sa main baguée sur le front d'Abel:

— Vous faites un peu de fièvre. J'ai sur moi ce qu'il faut pour vous en débarrasser. Un bon pharmacien a toujours ce qu'il faut sur lui.

Abel avala la poignée de comprimés que le gros pharmacien lui mit dans la bouche. Un temps, le gong cessa de lui marteler les tempes et le poignard entre ses omoplates ne devint plus qu'une minuscule aiguille, qu'un infime crochet de serpent s'agrippant à sa peau. Il devenait à nouveau possible d'entendre ce que disait maintenant le gros pharmacien:

— Vous voulez devenir écrivain mais vous travaillez dans une banque. Vous devez vous en aller de là le plus rapidement possible: le seul fait de toucher à de l'argent sale vous souille aussi. Mais j'ai beaucoup d'amis dans le journalisme et ils n'hésiteront pas à vous aider si je vous envoie vers eux. Pour un romancier, le journalisme est le meilleur des apprentissages possibles. Dickens y a fourbi ses premières armes et Hemingway aussi avant que le glas ne sonne pour lui. Vous êtes d'accord avec moi là-dessus? Alors prenez cette carte et demain, mon frère vous accueillera à bras ouverts. Il vous ouvrira toutes les portes parce que c'est ce que je vais lui demander de faire.

En réalité, ce fut le gros pharmacien qui accueillit Abel dans ses bras ouverts, la poignée de comprimés avalés par lui ayant fait effet au point que ses jambes, molles comme de la guenille, refusaient de le porter. La tête n'allait pas mieux, elle s'était vidée de toute consistance, les images s'y défaisaient avant même de se former, elles s'y noyaient. Abel pensa: «Je suis devenu un hydrocéphale comme ceux que mon père borde la nuit dans la salle Saint-Joseph de l'hôpital du Mont-Providence, toute pensée m'est devenue étrangère, *j'ai une imagination stupéfiée, je sens la mort sur moi comme un torrent, comme le bondissement instantané d'une foudre dont je ne devine pas encore toute la capacité, je sombre, je sombre mais vers quoi?*» La peur le possédait alors que, son corps collé sur celui du gros pharmacien, il se laissait transporter dans le souterrain vers cette chambre et les têtes de chevaux devenues hideuses. Fâchés d'avoir été mis à la porte de la maison de la rue Drapeau, Caïus Picard et le grand Bardo avaient tout saccagé, il ne restait plus que des débris de leurs golems, il ne restait plus que des débris de leurs totems, il ne restait plus que des débris de leurs démons. Des charrues, des haches, des ciseaux et toutes ces coulisses de peinture, toute cette couleur sang de bœuf dégoulinant des murs!

— J'ai froid, dit Abel.
— Vous allez dormir et la chaleur va revenir tu-suite, dit le gros pharmacien en abriant Abel d'une couverture. Demain, vous serez journaliste puis vous gravirez l'échelle de Jacob jusqu'à la gloire.

Le gros pharmacien sortit du labyrinthe, laissant Abel seul avec les apeurantes têtes de chevaux. Il avait fermé les yeux pour mieux s'endormir mais son corps refusa de s'y laisser descendre, le forçant à veiller dans toute cette obscurité grouillante de bêtes maléfiques. Pour qu'elles ne se jettent pas sur lui, pour que son corps ne soit pas lacéré par les dents, les griffes, les crochets et les becs que la nuit déversait dans la chambre, Abel se laissa entraîner dans le monde spongieux des cauchemars. En réalité, deux seuls vinrent le visiter pendant toute la nuit, mais avec une intensité telle que quand Abel revint à lui le lendemain matin, il ne put les oublier, comme marqué au fer rouge par eux.

Dans le premier cauchemar, Judith était à quatre pattes sur la dalle dans la chapelle des abîmes. Sim-plement vêtu de grandes bottes, de gants et d'un chapeau noir, le père la fouettait avec un fouet à neuf nœuds, son gros sexe bavant entre les jambes. «Tu es mort! lui criait Judith. Tu es mort et c'est Abel qui est mon père maintenant! Je ne veux plus être sodomisée que par lui!» Le père ricana: «Tu veux me tromper avec un nouveau père alors que moi, je suis toujours vivant et rempli de sperme? Eh bien! je vais exécuter tous tes désirs, maintenant!» Un porc grotesque était entré dans la chapelle des abîmes, il avait un sexe tout purulent et des vers gros comme le doigt se promenaient dedans. Le porc monta sur le dos de Judith et enfonça d'un seul coup tout son sexe dans la fleur de lotus. Le bout ressortit par la bouche et les vers s'emparèrent de la tête de Judith, de ses oreilles, de ses yeux, de sa bouche et de son nez, les déchiquetant, les mutilant dans un épouvantable ruissellement de sang. Le porc avait retourné Judith sur le ventre, il avait ouvert la gueule et, par grandes mordées, il lui mangeait les intestins. Pourtant, Judith n'arrêtait pas de jouir. Pourtant, Judith n'arrêtait pas de crier: «C'est bon, Abel! C'est tellement bon! Tellement bon, Abel!»

Pour échapper au cauchemar, Abel sortit de la chapelle des abîmes et se mit à courir dans la rue Charleroi. Quand il traversa le boulevard Pie-IX, il trébucha et son corps donna tête première dans le grand miroir qui obstruait la rue Monselet. Le miroir, au lieu de se briser, l'avala comme l'aurait fait une bouche. C'était celle de sa mère. Abel descendit loin dans le gros corps qui était tout fiévreux. Il y avait des milles et des milles d'intestins et, muni d'une petite pelle, Abel les débarrassait des excréments durs comme du ciment qui les encombraient. C'était au-dessus des forces de n'importe quel enfant. Pourtant, Abel n'arrêtait pas de pelleter et il n'arrêtait pas de crier non plus: «Il faut que je naisse avant que tu ne meures! Il faut que je naisse pour que tu puisses me toucher enfin!» Mais les excréments ne cessaient pas de se multiplier, ils encerclaient Abel, ils allaient le submerger quand il se redressa dans son lit, haletant et si désemparé qu'il pensa qu'il était vraiment mort dans les intestins de sa mère.

Mais il n'avait plus mal à la tête, il n'avait plus mal au cœur et le poignard entre ses omoplates s'était comme dissous dans la chair. Abel ouvrit son poing qu'il avait gardé fermé toute la nuit. Il fut tout surpris d'y voir la carte de visite que le gros pharmacien lui avait remise après le départ des oncles jumeaux et celui de Judith. Quand il se rendit compte que la carte de visite avait la forme d'une pelle et que le nom inscrit dessus était Arnold Cauchon, il crut comprendre tout le sens de ses cauchemars. Il se leva donc, cherchant Judith à travers la maison, mais ne trouva que le petit mot laissé par la mère sur la table de la cuisine: «Menace de grève chez Bell Téléphone. Judith a été promue cadre et ne rentrera qu'en fin d'après-midi. Vous avez donc tout votre temps pour rencontrer monsieur Cauchon. Bonne chance!»

Abel avait donc pris l'autobus, et c'est ainsi qu'il avait traversé le boulevard Pie-IX en démanche, puis la rue Sherbrooke. Il remontait maintenant la rue

Papineau, marchant à grands pas sous les arbres du parc Lafontaine. Le centre de l'Immaculée-Conception ne pouvait plus être très loin, de même que les bureaux d'Arnold Cauchon, éditeur, importateur de revues, chroniqueur à *Nouvelles illustrées* et au *Samedi*. Abel ne se trompait pas, sauf qu'il fut surpris de constater que l'adresse indiquée sur la carte de visite était celle d'un restaurant. Derrière la vitrine, c'était plein de gros pots de cornichons, de piments et d'olives dé-colorés par le soleil. Mais Abel entra quand même. Il n'eut pas le temps de s'informer auprès de la serveuse car au fond du restaurant Arnold Cauchon lui faisait signe de s'approcher.

— Je t'attendais, dit-il à Abel en lui tendant la main. Sam m'avait prévenu que tu viendrais. Mais assieds-toi. Nous allons maintenant jaser.

Arnold Cauchon n'avait rien de l'image qu'Abel se faisait d'un journaliste. Il était court sur pattes, aussi trapu que le gros pharmacien, et portait lui aussi des bagues à chacun de ses doigts. Mais ce n'était pas là ce qui lui donnait cet air profondément excentrique qui déplut tout de suite à Abel. Arnold Cauchon arborait une impressionnante perruque, il avait le visage enduit de fond de teint, ses lèvres mêmes étaient maquillées. Il parlait sur le bout de la langue, ce qui le faisait chuinter comme une vieille tante, les mots arrivant mal à passer la barrière de ses dents. De plus, il était vêtu d'un habit de hussard bleu ciel, tout frangé d'or et enluminé de part en part par une quantité impression-nante de boutons, dorés eux aussi. De sa main velue, il passait son temps à effleurer celles d'Abel qui finit par les dissimuler sous la table, son corps comme répulsé par celui d'Arnold Cauchon. C'était si définitif qu'il ne l'écouta que pour être poli, peu intéressé qu'il était par l'emploi qu'on lui proposait: réviser les chroniques qu'Arnold Cauchon écrivait sur les artistes dans *Nouvelles illustrées* et *Le Samedi*, écrire des communiqués et des brochures publicitaires sur les livres qu'il publiait ou sur ceux qu'il importait de France, si érotiques qu'ils ne pouvaient être vendus que par la poste.

— Tu deviendrais en quelque sorte mon associé, dit Arnold Cauchon quand vint le moment pour lui de conclure. Je te ferais tout connaître, aussi bien les arcanes du journalisme que le labyrinthe qui mène aux affaires. S'il fallait en plus que je me mette à t'aimer vraiment, imagine déjà quel avenir tu pourrais avoir.

Abel ne vit que cette main qui s'avançait encore vers lui. Juste à penser que les doigts bagués, velus et poisseux d'Arnold Cauchon le toucheraient lui faisait lever le cœur. «Il faut que je déguerpisse avant que ça ne se referme sur mon bras, pensa Abel. Sinon, le poignard va revenir entre mes omoplates et s'enfoncer si creux dans la chair qu'il ne me restera plus qu'à mourir.»

— Je ne peux pas travailler pour vous, dit Abel en se redressant. Je vous ai dérangé pour rien.
— Ne crois pas ça. La beauté de la jeunesse et le privilège de l'avoir devant soi, ne serait-ce que quelques

moments, constituent déjà un grand plaisir. Quand nous nous reverrons, tu l'auras peut-être déjà compris.

Une fois sorti du restaurant, Abel ne cessa pas de courir tant qu'il ne se retrouva pas sous les arbres du parc Lafontaine. Il se laissa tomber sur un banc, essoufflé mais content parce que la main baguée, velue et poisseuse d'Arnold Cauchon s'était égarée dans la rue Papineau et qu'il n'y avait plus de risque pour qu'elle se pose, hideuse comme un crapaud de mer, sur son épaule endolorie. La tête lui faisait de nouveau mal et il éprouva l'urgent besoin de se retrouver avec Judith. Elle s'étendrait toute nue sur son corps et ça deviendrait simplement *de l'amour aussi grand que les contes, de l'amour comme la peinture, de l'amour comme ce qui est: une lumière de fin de monde.* Pour y arriver plus vite, Abel sauta dans ce taxi qui le ramènerait rapidement aux confins de Montréal-Nord, vers le corps glorieux de Judith. Malgré le mal de tête qui essaimait lentement vers son épaule endolorie, il souriait, à mille milles de toute appréhension. La roue du soleil tournait, comme un jaune d'œuf embrasant le ciel. Et c'était cela la beauté même: l'énergie souveraine du mouvement, véloce comme une flèche zen.

11

Le onze est le symbole de la lutte
intérieure, de la dissonance,
de la rébellion, de l'égarement,
de la transgression de la loi,
du péché humain.
Il est signe de l'excès,
de la démesure,
du débordement, du meurtre.

Le taxi s'arrêta devant la maison de la rue Drapeau et Abel en sortit. Le temps avait brusquement changé et l'automne, comme une grande main froide, descendait à toute vitesse sur Montréal-Nord. Le ciel s'était rempli d'oiseaux noirs qui tournoyaient au-dessus de la rue Drapeau, vindicatifs et oppressants. Abel pensa aux écorres de la Boisbouscache, il se revit en train de glisser de la grosse roche au fond du ravin, il réentendit le bruit sourd qu'avait fait son corps en frappant les restes pourrissants du gros cochon qu'on avait jeté dans le remous et son cœur, sans raison, se mit à battre avec fureur dans sa poitrine. Était-ce à cause des oiseaux qui, ce jour-là aussi, avaient été nombreux à virevolter dans le ciel de la Boisbouscache, leurs becs pointus dirigés vers lui, leurs serres tendues, déjà prêtes à s'enfoncer dans son ventre?

De la main, Abel s'essuya le front. Malgré le vent qui soufflait, courbant la tête des grands cèdres devant la maison, il avait chaud et suait à grosses gouttes. Lorsque le taxi roulait à un train d'enfer vers les confins de Montréal-Nord, il ne s'était pourtant jamais senti aussi bien. Son refus de travailler pour Arnold Cauchon l'avait tout repimpé et excité car il y avait vu le signe qu'il était maintenant prêt à devenir un véritable écrivain, que jamais il ne céderait aux compromis, à la lâcheté et au défaitisme

comme son père l'avait toujours fait, réfugié dérisoirement derrière les hydrocéphales et les oligophrènes de l'hôpital du Mont-Providence pour mieux
se donner le change et le donner aussi au monde.
Comme Kafka se préparant à écrire *Le Château*, Abel
avait acquis la conscience que ses facultés créatrices
étaient immenses, *il se sentait labouré jusqu'au tréfonds
de son être et il pouvait enfin tirer de lui ce qu'il voulait.* Il
y aurait d'abord le roman des oncles jumeaux et ce
serait le grand Bardo qui le raconterait. Dans le taxi,
Abel en avait même écrit le commencement dans son
calepin noir: «Et tout à coup il se demanda pourquoi
on riait tous de lui parce qu'il faisait entrer son cheval
dans la maison.» Le roman des oncles jumeaux terminé, Abel s'attaquerait à celui du gros pharmacien et
de son frère Arnold Cauchon: le pégreux de Montréal-
Nord et l'homosexuel lubrique de la rue Papineau,
importateur de la cochonnerie littéraire, comme ça
serait plaisant d'inventer pour eux ces images hilares
dont parlait Artaud dans *Le Pèse-nerfs*! Abel manquerait de temps pour tout écrire, il manquerait de
temps aussi pour tout vivre avec Judith dans le dérè-
glement déraisonné de son corps!

Mais cet enthousiasme avait fondu dès qu'il s'était
retrouvé devant la maison de la rue Drapeau. Il était
si peu habitué à écrire dans la liberté, il était si peu
habitué à vivre derrière le miroir, dans cette surréalité
que Judith avait rendue prégnante comme un corps
de femme enceinte! S'il fallait que tout cela casse
brusquement comme cet été qui s'en allait avant le
temps, comme les feuilles qui seraient bientôt

mordorées dans les arbres, comme le soleil qui ne produirait bientôt que du froid, de la glace et du vent! Abel pensa à l'enfer que la maison de la rue Monselet avait toujours été pour lui, il pensa à son père assis à la table, dérisoire dans son long caleçon, le scapulaire et les médailles enfermés avec le morceau de camphre dans ce petit sac épinglé à sa poitrine, il pensa aux cheveux lissés de sa mère quand elle prenait sa douche, au kimono bleu et liséré de jaune qu'elle portait et qui la faisait ressembler au lutteur Buddy Rodgers, il pensa à la sœur aînée qui pissait toujours au lit et que son père battait avec la ceinture de cuir, il pensa à ses frères endormis dans les couchettes de fer ou bien dans la chaise pliante au milieu de la cuisine, il pensa au balcon qu'il y avait derrière la maison, au vieux coffre qui servait de poubelle et sur lequel il s'assoyait pour écrire, il pensa qu'il n'avait jamais connu que le naufrage et que ce qu'il désirait plus que tout au monde, c'était de s'en éloigner profondément, c'était de faire comme Bataille, c'était de faire comme Isou, c'était de faire comme Beckett, c'était de faire comme Kafka: *Comme elle étincelle sous mes yeux cette vie possible, avec ses couleurs d'acier, ses barres d'acier tendues qui se détachent sur une obscurité aérienne!*

Abel passa la main sur son front: il ne suait plus à grosses gouttes et il n'avait plus chaud. Il pouvait donc entrer dans la cour et descendre dans le souterrain où, sur la table bancale, l'attendait le manuscrit qu'il avait commencé d'écrire. Ça n'avait plus beaucoup d'importance si les oncles jumeaux avaient tout saccagé parce que la mère et le gros pharmacien les avaient mis à la porte. Même si les têtes de chevaux étaient disparues derrière les murs, comme les totems, les golems et toutes les figures de reptiles et de rapaces, ça n'avait plus beaucoup d'importance: ils resteraient toujours vivants dans la tête d'Abel, ils ne cesseraient pas de se recomposer, chargés de toute leur étrangeté parce que nourris du sang même de la création.

Se faufilant entre les grands cèdres, Abel se retrouva enfin dans la cour. Tout au fond, un petit bulldozer aplanissait les restes du Golgotha imaginé par les oncles jumeaux. Monté sur un tracteur greyé d'une énorme pince, un ouvrier enlevait une à une les carcasses de moteurs entreposées derrière la maison. Ça tombait sur la plate-forme du camion bloquant la ruelle comme s'il s'était agi du corps rigide et plein de cicatrices du père de Judith, ça tombait sourdement dans des odeurs pourries de vieille huile et de terre. Il ne resterait bientôt plus rien de ce qui avait été le grand rêve du père de Judith: rassembler tous les vieux moteurs en un seul pour créer une machine comme on n'en avait encore jamais vu, infernale comme les grands tombereaux de l'enfance, lumineuse comme le char de feu du prophète Élie, indestructible comme le Grand Véhicule des bouddhistes.

Abel poussa la porte du souterrain et y entra. La cave lui parut encore plus salopée que lorsqu'il en était sorti le matin pour aller rencontrer Arnold Cauchon. Toute la vie des oncles jumeaux gisait par terre, éventrée et méconnaissable, dégouttante de tout ce sang qu'on avait déversé dessus en y renversant pots de peinture, canisses de teinture et bombes colorantes. Partout, il y avait des têtes éclatées, des bras déchiquetés, des jambes tordues comme dans les films de Pasolini. La pénombre rendait encore plus hallucinantes ces images de la désolation. On aurait dit un chemin de croix que la foudre avait défiguré, on aurait dit le monde d'une crucifixion manquée, les ciseaux, les haches et les couteaux plantés dans les murs comme s'ils avaient été des omoplates. Abel avait hâte d'arriver enfin au bout du souterrain, dans cette pièce remplie de têtes de chevaux et qui lui servait de bureau d'écriture. Dès qu'il ouvrirait la porte, il verrait Judith, elle serait toute nue sur le récamier, elle aurait les jambes écartées, son sexe roux serait comme une bouche appelante, il ne pourrait pas ne pas courir vers lui pour y coller sa propre bouche, pour y mettre tout son corps, pour y disparaître dans la totalité, dans l'absolu du désir, impudique, pareil à un torrent si obscène qu'il ne pourrait pas finalement ne pas devenir la représentation même de la pureté.

Mais Abel heurta la porte de la chambre des oncles jumeaux: le bras détaché d'un totem sur lequel il avait mis le pied s'était retourné contre lui, l'agrippant à la cheville de tous ses doigts tordus. La tête d'Abel frappa durement le cadre de la porte, faisant venir dans ses yeux une infinité d'étoiles noires. Quand elles disparurent enfin, la porte de la chambre des oncles jumeaux était toute grande ouverte et ce qu'y vit Abel était à proprement parler indescriptible, aussi surréel, aussi angoissant que les cauchemars qu'on fait vers la fin du sommeil et dont toute la journée votre corps restait imprégné. Il n'y avait plus rien de la chambre des oncles jumeaux: la chapelle des abîmes y était descendue, avec ses murs faits de grosses pierres taillées dans du carton-pâte, ses deux fenêtres aveugles, son filet de pêche suspendu au plafond, ses spots verts, rouges et bleus entremêlant leurs faisceaux qui convergeaient vers le seul meuble qu'il y avait dans la pièce, cette manière de table faite d'un marbre aussi faux que les grosses pierres taillées des murs. Judith était couchée sur la table, elle était toute nue, ses jambes et ses bras écartelés et attachés aux quatre hideux totems de fer tordu qui occupaient chacun un angle de la pièce, comme des cavaliers sur un jeu d'échecs, comme des têtes de chevaux déformées par la folie, comme des têtes de chevaux qui suintaient des murs mêmes de grosses pierres taillées dans du carton-pâte. Le corps de Judith n'était plus que mutilation: les ciseaux, les couteaux et les haches l'avaient ouvert de partout, il ne restait plus de lui qu'une masse saignante de chair, de nerfs et de muscles déchiquetés. Sorti de son orbite, un œil pendait sur la joue, violet comme la mort. Entre les jambes de Judith, un poignard avait été enfoncé jusqu'au manche. Le bout de la lame pointait du ventre, au milieu des viscères. C'était une vision mille fois plus extrême que celle du meurtre de Heide tel que décrit par Julien Gracq dans son roman *Au château d'Argol.* À force de l'entendre de la bouche de Judith, Abel en savait tous les mots par cœur: *des cheveux* qui *flottaient en longues vagues dans la source,* une *tête rejetée en*

*arrière et noyée dans l'ombre où luisaient seulement les
dents nues de sa bouche et ce sang qui tachait, écla-
boussait comme les pétales d'une fleur vive son ventre et
ses cuisses ouvertes, plus sombre que les fleuves de la
nuit, plus fascinant que ses étoiles.*

Devant les jambes écartelées de Judith, Abel avait
plié les genoux. On vivait maintenant dans l'au-delà
de la catastrophe, dans un pays si désâmé que même
les mots ne pourraient plus avoir de consistance,
impuissants tout comme Abel qui, les yeux fermés,
n'arrivait plus qu'à psalmodier les bouts de phrases
dérisoires du mauvais roman de Julien Gracq. Il ne se
passerait plus rien. Après la mort, il n'y avait plus rien
qui pouvait se passer. Même quand les policiers sur-
vinrent, alertés par la mère de Judith et le gros pharmacien, Abel n'en eut pas vraiment connaissance. De
l'intérieur, son corps était mangé par tout un peuple
de petits cochons noirs, aussi voraces que la mère fondatrice de Rome, aussi voraces que ses fils jumeaux,
Remus et Romulus.

— Judith n'est pas morte! dit la mère en secouant
Abel pour le faire revenir à lui. On l'emmène simplement à l'hôpital et elle a besoin de toi. Elle ne
mourra pas si tu continues de l'accompagner. Elle a
trop besoin que tu écrives encore pour elle. Elle a trop
besoin que tu écrives encore sur son corps.

Abel s'était laissé conduire à la Cadillac blanche
du gros pharmacien, il s'était assis sur la banquette à
côté de lui, il ne se rendit même pas compte qu'à la

place du Golgotha au fond de la cour, les lys du Canada poussaient en touffes serrées, il ne se rendit même pas compte qu'il n'y avait plus de carcasses de moteurs mais une myriade de plantes toutes fleuries dont les odeurs avaient mis fin au règne de la vieille huile et de la rouille. Il était abruti par le désespoir, il se noyait dedans comme il avait failli se noyer dans les eaux spongieuses de la savane de son enfance, il n'y avait plus de réalité, il n'y avait plus de rêve, il était né pour rien, il n'avait jamais vraiment été touché par sa mère, il avait toujours été un débris d'humanité, les restes d'une famille tarée, une tête de porc pestilentielle et maudite qui avait été incapable de sauver Judith de l'idée de meurtre.

— Cesse de chialer, lui dit le gros pharmacien. Ça m'énerve quand je dois conduire vite.

Au boulevard Pie-IX, la Cadillac blanche du gros pharmacien bifurqua brusquement, forçant Abel à ouvrir les yeux.

— Pour l'hôpital Fleury, ce n'est pas la bonne direction, balbutia-t-il.
— Je sais. Mais j'ai d'abord un compte à régler avec les oncles de Judith. J'entends bien le faire avant que la police ne leur mette le grappin dessus.
— Vous savez donc où ils sont?
— Rien de ce qui se passe dans Montréal-Nord ne m'échappe. Je sais toujours tout, souvent même avant que les choses n'arrivent.

— Si vous êtes aussi fort que vous le prétendez, pourquoi ne les avez-vous pas arrêtés avant? Et puis, comment pouvez-vous savoir que ce sont les oncles qui ont mutilé Judith? Ça pourrait être moi.

— Les oncles sont fous, alcooliques et pervers. Ce n'est pas ton cas. Les schizophrènes ne deviennent jamais des meurtriers mais des artistes, comme mon frère et comme ce que tu te prépares à devenir.

— Le grand Bardo et Caïus Picard semblaient bien aimer Judith pourtant.

— Tu te trompes. Ils ne l'aimaient pas. Ils la terrorisaient comme ils terrorisaient leurs femmes, leurs enfants et leurs bêtes. En revenant de Gaspésie, je me suis informé sur eux à Amqui. Même enfants, les oncles s'adonnaient au vice. Ils forniquaient avec des poulets, des chiens et des veaux. Mais ça ne les satisfaisait même pas. Après, ils les martyrisaient avec toutes sortes d'objets contondants, ils leur cassaient les jambes, ils les empalaient, ils les émasculaient avec un couteau de boucherie. S'ils ne s'étaient pas enfuis d'Amqui, on les aurait passés dans la longue scie pour en faire des madriers. Mais ils auraient mérité bien pire encore.

Les paroles du gros pharmacien n'arrivaient que déformées dans les oreilles d'Abel. Ce qu'il entendait n'était peut-être pas ce qui lui était raconté. Toute la réalité bougeait comme piégée par la jument de la nuit. La maison de la rue Drapeau l'avait été depuis le début, sa relation avec Judith aussi, et tout ce qui s'était vécu depuis qu'il avait quitté sa famille. Sans s'en rendre compte vraiment, il était entré dans une dimension inconnue, il avait atteint à l'au-delà même de l'écriture, emporté par le délire épiphanique comme Antonin Artaud qui en était mort, tout son corps défait par la folie. C'était donc la mère d'Abel qui avait toujours eu raison contre lui quand elle l'exhortait à ne plus écrire, lui disant: «La réalité est suffisamment trouble comme ça sans la salir en plus avec de l'encre. Les mots sont dangereux, ils sont chargés d'électricité, ils finissent par foudroyer celui qui les abuse. Méfie-toi, Abel! Méfie-toi!» Mais il n'avait pas voulu se méfier, il avait trouvé un couteau et contrairement à Artaud qui l'avait maintenu au dedans de lui-même, Abel l'avait laissé *venir à la frontière des sens clairs*, il l'avait laissé ameuter les carnages, les massacres et la mort.

— Cesse donc de chialer, lui dit encore le gros pharmacien. Nous arrivons.

Près du pont Pie-IX, la Cadillac s'arrêta derrière le *Café Belhumeur*, devant les portes de cette espèce de caveau par où on faisait entrer les caisses de bière pleines et sortir les caisses de bière vides. Deux énormes cerbères en gardaient l'entrée, leurs bras velus et leurs visages comme retournés vers l'intérieur, tout crevassés, tout déformés par les cicatrices qui avaient gonflé leur peau, comme si des serpents s'étaient glissés dessous, s'y étaient lovés ou y ondulaient. Alors que le gros pharmacien ouvrait la portière, Abel dit:

— Je vais attendre ici. Je ne peux plus rien supporter.

— Tout ce que tu as à faire, c'est de descendre! Alors cesse de chialer et descends!

Sur un signe de tête du gros pharmacien, un des cerbères ouvrit les portes du caveau et Abel vit les oncles jumeaux qui se tenaient serrés l'un contre l'autre au bas des marches, assis sur leurs genoux, leurs vêtements pleins de sang. Ils avaient encore l'air de deux petits garçons pris en flagrant délit, tout piteux et inoffensifs.

— Descendez dans la cave, leur dit le gros pharmacien. Et descendez-y sans faire d'histoire si vous ne voulez pas que le pire vous arrive déjà.

Les oncles se redressèrent mais, au lieu d'entrer dans la cave, ils se jetèrent dans les marches pour sortir du caveau. Les cerbères allongèrent le bras. Les coups-de-poing américains atteignirent les oncles, l'un sous le menton et l'autre à la bouche, lui brisant les dents. Assommés, les oncles se retrouvèrent au bas des marches. Les cerbères les prirent par les jambes, les halèrent dans la cave, puis leur ligotèrent les mains et les pieds avant de les allonger l'un à côté de l'autre sur la grande table qu'il y avait au milieu des caisses de bière. Les oncles ne pouvaient plus bouger, ils étaient devenus deux bêtes piégées et impuissantes. Le gros pharmacien les frappa au visage pour qu'ils reviennent à eux et dit:

— Je vous avais prévenus de ne pas faire de mal à Judith, de vous en tenir loin si vous ne vouliez pas attiser ma colère contre vous. Mais vous ne m'avez pas écouté et vous avez donné suite à l'idée de meurtre qui vous a toujours habitée. Il vous faudra maintenant le payer très cher pour que l'idée de meurtre vous quitte à jamais.

Le gros pharmacien demanda aux cerbères de déshabiller les oncles. Leurs gros sexes visqueux émergèrent, comme une injure se dressant pour provoquer la nuit. Puis le couteau apparut dans la main du gros pharmacien, rappelant à Abel celui que son grand-père utilisait pour émasculer les gorets qu'on élevait dans la soue derrière la maison. Le grand-père couchait les gorets sur le dos, il leur tenait les pattes de derrière d'une main et, de l'autre, il enfonçait la lame du couteau dans les bourses, tirant avec ses doigts les testicules qu'il donnait ensuite à manger au vieux chien jaune. Abel baissa la tête pour ne pas voir ce que le gros pharmacien allait faire avec le couteau. Quand les oncles se mirent à hurler comme des cochons qu'on égorgeait, il fut bien obligé de regarder: détachés du scrotum, les testicules battaient comme des cœurs entre leurs jambes.

— Rhabillez-moi ça et allez me jeter ça au fond de la rivière des Prairies! dit le gros pharmacien aux deux cerbères en plantant son couteau dans la table. Ils seront tout à fait à leur place avec les poissons pourris!

Poussé dans le dos par le gros pharmacien, Abel se retrouva dehors. Il vomit tout ce qui restait encore de vivant dans son corps puis, comme un golem vide de toute image, il monta encore une fois dans la Cadillac blanche. L'hôpital Fleury n'était qu'à quelques pâtés de maisons, on n'allait pas tarder à y arriver, on serait bientôt dans cette chambre blanche comme la mort et Judith, allongée dans le grand lit, ne serait plus que cette toute petite chose, que ce minuscule paquet de muscles, de nerfs et de sang luttant presque malgré lui contre l'idée de meurtre que les oncles jumeaux avaient portée en eux depuis leur naissance et dont ils s'étaient libérés par la torture, la mutilation et le sang répandu, sans doute pour se venger du peu de cas qu'on avait toujours fait de leurs totems, de leur golems et de toutes ces têtes de chevaux hallucinantes jetées entre Amqui et Montréal-Nord afin de repeupler autrement le monde.

Abel demanda à rester seul avec Judith. Il lui enleva le drap qui recouvrait son corps et regarda. Les chirurgiens avaient refermé les blessures, ils avaient étanché le sang, recousu les muscles et les nerfs, redressé les os de la cage thoracique pour que le *pectus cavatum* ne fasse plus comme ce petit lac entre les seins de Judith. Des bouts de fils de fer en sortaient, capuchonnés de bouchons de liège. Même l'œil désorbité avait repris sa place, aussi étrangement violet qu'avant. Judith n'allait pas mourir, elle avait vaincu les affres de la chapelle des abîmes, elle connaîtrait à nouveau le désir, elle se retrouverait à nouveau *dans toute cette luminosité où les parois mêmes du monde semblent brisables à l'infini*, comme l'avait écrit Artaud.

Rassuré, Abel ferma les yeux. Quand il les rouvrit, Judith avait desserré les jambes. Entre ses cuisses, le poignard était toujours enfoncé jusqu'au manche. Pourquoi les chirurgiens l'avaient-ils laissé là et pourquoi Abel ne l'avait-il pas vu dès le moment où il était entré dans la chambre? Il aurait voulu aller prévenir les médecins de leur oubli, il aurait voulu sortir dans le corridor et crier de toutes ses forces pour qu'on vienne au secours de Judith, mais il n'y avait plus d'énergie dans son corps. Abel avait trop lu, il avait trop écrit, il avait trompé depuis trop longtemps le sommeil. Sa tête se fendrait bientôt, son épaule gauche endolorie ne deviendrait plus que cet amas de sang, de muscles et de nerfs atrophiés, son corps tout entier basculerait dans la maladie, si loin qu'il n'en resterait plus que l'idée d'infirmité, inscrite dans le sang, les muscles et les nerfs depuis l'origine du monde, inscrite dans le maléfice qui vous avait fait naître gaucher, muni d'une tête de cochon, donc étranger aussi bien pour soi-même que pour les autres, donc privé de toute orientation, donc privé d'espace et de durée, comme ces Juifs gauchers qu'on lançait à l'assaut de l'ennemi avant les autres pour qu'ils contrent la puissance droitière et la défassent par le sacrifice de leur exception.

Abel suait à grosses gouttes. Il pensa que la sœur aînée était montée sur ses épaules, qu'elle se tenait là, nue et agrippée à ses cheveux, qu'elle s'était endormie et qu'elle pissait sur lui par grands jets fiévreux. C'était brûlant et ça s'enfonçait dans la peau comme les piquants crochetés d'un porc-épic, ça ferait son chemin jusqu'au cœur et puis Abel allait mourir. Mais il fallait d'abord sauver Judith, il fallait la défaire de ce poignard planté jusqu'au manche dans son sexe. Abel avança le bras, sa main gauche se ferma sur le manche du poignard et il tira de toutes ses forces dessus. Libéré, le poignard redevint meurtrier, il monta dans les airs, vertigineusement, traversa par trois fois l'espace de la chambre puis, foudroyant, se ficha de toute sa longueur entre les omoplates d'Abel. Avant de s'écrouler, il vit Judith qui lui souriait, il entendit Judith lui dire: «Je t'aime. J'aimerai toujours t'aimer autrement», puis les ténèbres s'emparèrent de lui. Il y aurait treize jours de coma profond et Abel se réveillerait à l'hôpital Pasteur, terrassé dans tout son côté gauche par la poliomyélite. Il n'y aurait plus d'épiphanies. Il n'y aurait jamais rien eu, même pas la simple main de sa mère acceptant enfin de le toucher pour la première fois. Même pas. Rien. *C'était fini sur lui.*

TROIS-PISTOLES,
septembre 1995

ŒUVRES DE VICTOR-LÉVY BEAULIEU

Mémoires d'outre-tonneau, Éditions Estérel, 1968.

Race de monde, Éditions du Jour, 1968; Éditions Stanké, Québec 10/10, 1986.

La Nuitte de Malcomm Hudd, Éditions du Jour, 1969.

Jos Connaissant, Édition du Jour, 1970; Éditions Stanké, Québec 10/10, 1986.

Jos Connaissant, traduction de Raymond Chamberland, Exile Editions, 1982.

Pour saluer Victor Hugo, Éditions du Jour, 1970; Éditions Stanké, Québec 10/10, 1985.

Les Grands-Pères, Éditions du Jour, 1971; Éditions Stanké, Québec 10/10, 1986.

Les Grands-Pères, Éditions Robert Laffont, 1973.

The Grand-Fathers, traduction de Marc Plourde, Harvest House, 1973.

Jack Kérouac, Éditions du Jour, 1972; Éditions Stanké, Québec 10/10, 1987.

Jack Kérouac, Éditions de l'Herne, 1973.

Jack Kerouac, traduction de Sheila Fischmann, The Coach House Press, 1975.

Un rêve québécois, Éditions du Jour, 1972.

A Québécois Dream, traduction de Raymond Chamberland, Exile Editions, 1978.

Oh Miami, Miami, Miami, Éditions du Jour, 1973.

Don Quichotte de la Démanche, Éditions de l'Aurore, 1974; Éditions Stanké, Québec 10/10, 1988.

Don Quichotte de la Démanche, Éditions Flammarion, 1978.

Don Quixotte in Nighttown, traduction de Sheila Fischmann, Press Porcepic, 1978.

En attendant Trudot, Éditions de l'Aurore, 1975.

Manuel de la petite littérature du Québec, Éditions de l'Aurore, 1975.

Blanche forcée, VLB Éditeur, 1976.

Blanche forcée, Éditions Flammarion, 1976.

Ma Corriveau, VLB Éditeur, 1976.

N'évoque plus que le désenchantement de ta ténèbre, mon si pauvre Abel, VLB Éditeur, 1976.

Monsieur Zéro, VLB Éditeur, 1977.

Sagamo Job J, VLB Éditeur, 1977.

Cérémonial pour l'assassinat d'un ministre, VLB Éditeur, 1978.

Monsieur Melville, VLB Éditeur, 1978.

Monsieur Melville, Éditions Flammarion, 1980.

Monsieur Melville, traduction de Raymond Chamberland, Exile Editions, 1984.

La Tête de Monsieur Ferron ou Les Chians, VLB Éditeur, 1979.

Una, VLB Éditeur, 1980.

Satan Belhumeur, VLB Éditeur, 1981.

Satan Belhumeur, traduction de Raymond Chamberland, Exile Editions, 1983.

Moi Pierre Leroy, prophète, martyr et un peu fêlé du chaudron, VLB Éditeur, 1982.

Discours de Samm, VLB Éditeur, 1983.

La Boule de caoutchouc, in *Dix nouvelles humoristiques*, Quinze Éditeur, 1985.

The Rubber Ball, traduction de Ray Ellenwood, Penguin Books Canada Limited.

Docteur l'Indienne, in Aimer, Quinze Éditeur, 1985.

Steven le Hérault, Éditions Stanké, 1985.

Steven le Hérault, traduction de Raymond Chaberland, Exile Editions, 1987.

Chroniques polissonnes d'un téléphage enragé, Éditions Stanké, 1985.

L'Héritage (I. L'Automne), Éditions Stanké, 1987.

«La Robe de volupté», in *Premier amour*, Éditions Stanké, 1988.

Votre fille Peuplesse par inadvertance, Stanké/VLB Éditeur, Éditions Stanké, 1990.

Docteur Ferron, Pèlerinage, Éditions Stanké, 1991.

La Maison cassée, Éditions Stanké, 1991.

Pour faire une longue histoire courte, (entretien avec Roger Lemelin), Éditions Stanké, 1991.

L'Héritage (II. L'Hiver), Éditions Stanké, 1991.

Sophie et Léon et Seigneur Léon Tolstoï, Éditions Stanké, 1992.

Gratien, Tit-Coq, Fridolin, Bousille et les autres, (entretien avec Gratien Gélinas), Éditions Stanké, 1993.

La Nuit de la grande citrouille, Éditions Stanké, 1993.

Les Gens du fleuve, Éditions Stanké, 1993.

Monsieur de Voltaire, Éditions Stanké, 1994.

Le Carnet de l'écrivain Faust, Éditions Stanké, 1995.

Le Bonheur total, Éditions Stanké, 1995.

«Lettre à un ex-ayatollah en pantoufles», in *Trente lettres pour un oui*, Éditions Stanké, 1995.

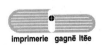

imprimerie gagné ltēe

IMPRIMÉ AU CANADA